DANS UN AVION POUR CARACAS

Les romans de Charles Dantzig, comme *Nos vies hâtives*, *Un film d'amour* et *Je m'appelle François*, ont reçu de nombreux prix. Sa poésie – à l'exemple de *La Diva aux longs cils* et *Les Nageurs* – est enseignée dans les universités du monde entier, et on ne présente plus ses essais, comme le célèbre *Dictionnaire égoïste de la littérature française* et l'*Encyclopédie capricieuse du tout et du rien*, ou *À propos des chefs-d'œuvre*.

Paru dans Le Livre de Poche :

Dictionnaire égoïste de la littérature française

Encyclopédie capricieuse du tout et du rien

Je m'appelle François

Nos vies hâtives

Pourquoi lire ?

Un film d'amour

CHARLES DANTZIG

Dans un avion pour Caracas

ROMAN

GRASSET

Crédits des illustrations

P. 28 : © Archives du Palais princier de Monaco. – P. 41 : © DR. –
P. 63 : © DR. – P. 96 : © Courtesy of Universal Studios
Licensing LLP. –
P. 97 : © DR. – P. 107 : © DR. – P. 166 : © Christie Buisset. –
P. 186 : © Isabel Muñoz. – P. 245 : © AP / SIPA. –
P. 247 : © AMIR SADEGHI / AFP. – P. 271 : © DR.

ISBN : 978-2-253-16743-3 – 1re publication LGF

Le vaincu pleure ; quant au vainqueur, il est perdu.

Vers d'un oracle sibyllin cité par Plutarque
dans les *Vies parallèles* (vie de Démosthène)

au-dessus de l'Atlantique

Caracas est moins belle que son nom. Pour s'y rendre, le voyage en avion est long, mais paisible, donnant une assez bonne idée du bien-être qu'a dû éprouver Jonas à l'intérieur de sa baleine. Descendant une travée en direction des toilettes, je cherche du regard la femme que, il y a moins d'une heure, dans la salle d'attente de l'aéroport, j'ai vu repousser d'un index vif et dédaigneux les applications de son iPhone. Filez, horreurs ! Trente ans auparavant, au même endroit, sa mère a sans doute tenu entre deux doigts lents et dédaigneux une cigarette allumée. L'élégance des femmes invente toujours un geste pour en remplacer un autre. Reprenant ma place, j'en retrouve une d'une autre sorte. Sud-Américaine. La peau caramel. Replète. Grasse, dirait-on. Comment savoir ? Elle est voilée. Lit le Coran. Les caractères dorés sur le papier ivoire donnent une impression d'émail. Un livre fait pour être admiré, pas annoté. Où on ne cherche pas à penser, dont on reçoit la Vérité. Une Sud-Américaine lisant le Coran… Le prosélytisme des musulmans est inouï ! Je ne lui vois d'égal que celui des catholiques et des protestants. Au demeurant, je me fiche des religions, je vais vers un pays sans foi que gouverne un militaire populiste et télévisuel. Quand je pense que, au lieu d'en rapporter un grand reportage qui me vaudrait l'admiration de mes confrères, je vais chercher Xabi !

Photo de Xabi : un grand homme mince fume sous la neige, épaules serrées, col du manteau relevé. La fumée blanche qui monte d'entre ses doigts a l'air de contredire les flocons qui tombent. Photo très peu représentative. Il a cessé de fumer depuis longtemps et déteste la neige. « Tout ce que la neige a de sympathique, ce sont les cœurs qu'on dessine sur les pare-brise » (lui, un jour d'hiver, rue du Mont-Thabor, 1er arrondissement de Paris).

À 10 000 mètres, l'Océan est gris et ridé comme un hippopotame. Que le vol est paisible, à l'intérieur de ce gros Boeing blanc qui digère ses passagers en ronronnant ! Cela permet de supporter la patience que les long-courriers réclament. À la couverture d'un magazine people, Sharon Stone déclare « J'ai 51 ans » sur une photo d'un style ni agressif, ni vulgaire, où elle exhibe ses seins refaits en souriant comme une panthère. Je me demande ce qu'en pense ma voisine voilée.

Une des dernières fois que j'ai vu Xabi, il avait devant lui, sur la petite table ronde à pied de fonte du café, un porte-clefs en cuir et, contre cet objet boursouflé comme les joues d'un dictateur, un vieux livre de poche dont le dos rayé à force d'avoir été ouvert hachait les mots du titre. « Le héros, un vieux colonel, dit qu'il est fier d'avoir contribué à sauver Venise pendant la Deuxième Guerre mondiale, me dit-il. Tout le monde sauve Venise, ça ! Mais les endroits moins beaux ? Les pitoyables endroits où il n'y a que des humains ? Qui *sont* les humains, l'humanité même dans sa banalité ? Qui sauvera le Venezuela ? Le Venezuela, c'est nous ! » Xabi s'était passionné pour ce pays depuis quelques mois. Tout d'un coup. Une flamme. Des flammes, il sait en faire. Ses livres en sont pleins, c'est ce qui enchante ses lecteurs. Ah, que j'aimerais avoir son sens de la formule ! À moi, le prix Albert Londres, le Pulitzer, la réputation à la Kapuściński ! Et c'est lui, le philologue, l'intellectuel, l'écrivain qui n'a jamais publié une ligne de politique, qui est parti écrire un livre de reportage. Enlevé ?

Photo de Chávez : trapu, les épaules ramassées, un visage boursouflé comme un porte-clefs. Son nez plat, ses narines larges, ses lèvres épaisses et ses yeux étroits lui donnent un air de masque indien. Il sourit. Porte une chemise rouge. Tend les bras en l'air. Contre sa jambe, une petite fille lève vers lui un regard admiratif. La chemise rouge et le sourire semblent destinés à faire oublier le regard rusé. La photo se trouve dans le cahier central de sa biographie, la seule qui existe à ce jour. Écrite par un Américain. Favorable. Xabi : « Chávez passe son temps à se plaindre de ce qu'on l'agresse en "Occident", mais le seul livre sur lui dans cet "Occident" lui trouve non seulement des excuses, mais aussi du charme, et même du génie. C'est la tactique des agresseurs. On les effleure de l'épaule dans la rue, et ils envahissent la Tchécoslovaquie. "J'ai été agressé !" »

Au moment où il a commencé à s'intéresser au Venezuela, il y a un an peut-être, non, pas un an, il faudrait retrouver la date de ce dîner au restaurant avec son ami vénézuélien, enfin, disons un an, Xabi m'a à peu près dit ceci : « Si certains pays donnent une image d'eux-mêmes sans qu'on y soit allé, le Venezuela, avant de connaître un Vénézuélien (cet informaticien immigré que tu vas rencontrer au restaurant), je n'avais pas idée de ce que c'était. Venezuela, pour moi, c'était Venezuela. Un nom. À peine si je savais que la capitale est Caracas. » Il a remué son porte-clefs, comme il le fait souvent quand il parle, on pourrait croire que c'est pour réfléchir, mais c'est pour donner à ses auditeurs le temps de se préparer au raisonnement en cavalcade qui va suivre. « Un nom, quel piège ! On croit que c'est un savoir. C'est peut-être le cas pour ceux qu'on pourrait appeler les noms pleins, sur lesquels on a réfléchi ou qui nous émeuvent, mais les mots creux, comme ce “Venezuela” qui se réduisait pour moi à un son ? Ils sont majoritaires dans notre esprit, c'est d'ailleurs délicieux. On est libre de ne pas s'en encombrer, ou bien d'en capturer un pour en faire l'étude. On sera soi-même moins creux, à condition de l'avoir fait pour autre chose que se créer un coffre-fort de connaissances. On ne se cultive bien que par amour. Pour mieux aimer, pour se faire aimer. » Et combien tu sais te faire aimer, me disais-je.

Son visage se détachait sur le fond des fenêtres à croisillons du café de la place de la Comédie-Française (le Nemours). Il a dit, grattant d'un doigt vaguement dégoûté la couverture de son livre (c'était à quelques jours de son départ subit pour Caracas) : « Il n'existe peut-être que deux lexiques dont la quantité est comparable dans chaque langue : celui de l'amour et celui du pouvoir. Nous ne pratiquons pas les mêmes religions, nous ne dégustons pas les mêmes cuisines, d'où des quantités différentes de mots dans chacun de ces domaines, et dans bien d'autres, mais nous subissons, nous avons subi ou nous subirons les mêmes bouleversements sentimentaux et les mêmes expériences politiques. Et là, on a de quoi remplir des dictionnaires en dix volumes. Tellement de mots pour l'amour ! Tellement de mots pour le pouvoir ! Tellement de mots pour un despotisme que nous subissons et pour un autre dont nous rêvons ! Bonne raison de partir. Fuir l'amour quand il nous emprisonne, aller voir le pouvoir quand il emprisonne. » Je me suis dit deux choses : 1) ça lui vient bien de parler de fuir l'amour, lui que l'amour a fui ; 2) qu'il est bizarre, avec sa manière de ne jamais marcher sur le trottoir, mais dans la rue même ! Une voiture a klaxonné.

Kapuściński, c'est ce grand reporter polonais des années 1980 qui décrivait, au début d'un livre sur le shah d'Iran, les informations contradictoires de la presse :

> Les journaux, locaux et étrangers, sont répandus partout, des éditions spéciales aux gros titres attirant l'œil,
>
> IL EST PARTI.
>
> [...] Les exemplaires des dernières éditions proclament avec ferveur et triomphalement
>
> IL EST REVENU.

Xabi est parti et n'est pas revenu. Avant son départ, il a laissé des indices dans des interviews, des articles, des conversations. Ces indices sont souvent des citations. L'une, il l'a placée au début de son dernier livre :

> Il tombera néanmoins après avoir tenté de grandes choses.
>
> Ovide, *Métamorphoses*

L'autre se trouve à la fin du même livre. C'est d'ailleurs le seul que je connaisse dont l'auteur ait eu l'assurance, la générosité ou la distraction de laisser le dernier mot à un autre. Quoi qu'il en soit, comme pour se moquer de la fière ambition énoncée par la citation du début :

> Nous raillerons la gloire et nous nous étendrons,
> Le soir, pour bavarder, sous les rhododendrons.
>
> Tristan Derème, *La Verdure dorée*

Tenter ? Renoncer ? Pourquoi s'est-il entêté à partir pour Caracas ?

son prénom de Xabi

Xabi est un prénom basque qui n'existait pas dans sa famille, catalane. « Ma prénomination, oui, j'invente le mot, il n'avait qu'à exister, est révélatrice de l'évolution de la classe moyenne française dans le dernier tiers du XXe siècle, a-t-il dit. Mes parents ont décidé de ne pas me prénommer Pierre comme mon père, mon grand-père, deux de mes oncles et je ne sais combien d'ancêtres. Enfant, j'en étais indigné. Xabi, alors qu'il n'y a pas un seul Basque dans ma famille ! Toute ma scolarité à Perpignan on s'est moqué de moi ! “T'es con, ou t'es basque ?” “Chalut ! Cha biche ?” Les angoisses de la Deuxième Guerre mondiale éloignées, l'enfantillage des parents européens n'a plus connu de limites. Ça ! » Xabi a une théorie sur les prénoms. Il a une théorie sur tout. Il adore les théories. À propos des prénoms, il prétend que les Français ne sont soulagés de leur nervosité consubstantielle (autre de ses théories) que lorsqu'on leur donne une raison aux choses ; et là, ils deviennent d'une confiance frôlant la sottise. Ainsi, quand ils veulent donner une traduction aux prénoms d'origine étrangère. Et, or, non, Xabi ne se traduit pas plus qu'un autre. Une personne n'est pas une chose. Un prénom ne veut « rien dire ». Sauf que ça sert à appeler quelqu'un. Et ce quelqu'un… Quel homme !… Un homme, comment dire ?… Je manque de mots pour qualifier un philologue.

L'intérieur de cet avion n'est pas mal, pour un ventre. On sent une recherche esthétique dans la couleur des fauteuils, dans le rythme du long et lourd serpent des coffres à bagages ; les avions ont beau être devenus des trains volants, on dirait que de leur origine presque mythique ils ont gardé quelque chose de fier, et s'imposent d'avoir l'air mieux que des outils. Et puis, dans le transport aérien, un idéal existe auquel on peut se référer. Les premières classes très première classe, les jets privés tout cuir et lits… Les avions, c'est du rêve. Quand je suis en avion, je suis transporté, aux deux sens du terme. Triplement, puisque c'est vers Xabi que je vais.

Comment expliquer un homme ? Peut-on même le connaître ? J'ai pour ma part une méthode assez sûre. Pour deviner la caractéristique essentielle d'un homme, il suffit d'examiner ses amis. Les amis du directeur de la rédaction de mon journal sont tous arrogants. Ils permettent de se rendre compte qu'il l'est, chose inapparente au premier abord, car il est également dissimulateur. Les amis de Xabi ? J'en suis. Je ne peux donc pas savoir. Ah, la méthode n'est pas si sûre. Et puis il y a ce mystère que j'ai constaté à chacun de mes reportages : dès qu'on se met à étudier un homme en détail, il devient impossible d'en deviner l'ensemble.

L'hôtesse ouvre le rideau de la cabine business. Au bout d'un bras tendu, un beau bras nu de femme, un index impérieux désigne je ne sais quoi plus bas. On ne dira jamais assez la prestance du caprice chez les riches.

Une autre méthode est la première impression. Ce n'est pas qu'elle soit juste, mais elle est exacte. Il faudrait noter dans un carnet sa première impression de tout le monde. Ah ! On ne vivrait plus. Ce qui est amusant, dans la vie, c'est de s'y perdre. On fait la connaissance de quelqu'un et, à force de le voir de près, on ne sait plus comment il est. L'humain a brouillé l'image. J'ai oublié la première impression que Xabi m'a faite. Il me semble me souvenir qu'il est resté très en dessous de son charme, mais je le déduis peut-être de l'expérience que j'ai de lui et du fait que, en public, il est toujours comme ça, à cause de sa notoriété, pour ne pas avoir l'air d'en rajouter. Je n'aurais pas su qu'il avait écrit, je crois que je l'aurais trouvé inintéressant. Mais précisément je le savais, cela faisait partie de lui, et c'était un élément de son charme *quand même*. Et il ne reste jamais terne bien longtemps. Il ne saurait pas.

Après une tentative de coup d'État et avoir été libéré avant terme de sa prison par un politicien démocrate, Chávez a réussi à se faire élire à la présidence du Venezuela. Il en a aussitôt changé le nom. Le « Venezuela » est devenu la « république bolivarienne du Venezuela ». Xabi, théorie : la manipulation des mots n'a pas le même sens selon les régimes. « Dans les régimes libéraux, c'est un mensonge, de l'électoralisme, une connerie sans importance. Dans les régimes autoritaires, une torsion sincère du sens pour imposer un changement des choses. Quand un président de la République française emploie, lors des vœux du Nouvel An, le mot "révolution", cela veut en gros dire que rien ne changera et qu'il offre ce bonbon en compensation. Quand Chávez dit "république bolivarienne du Venezuela", cela veut exactement dire "république bolivarienne du Venezuela". Sa république n'est plus seule. Il lui a imposé un adjectif ; fantasmatique ; Bolívar a jadis tenté de créer un empire dans la région ; Chávez rêve d'être empereur. » Il a ajouté, avec un zèle de néophyte qui m'a fait sourire, moi qui connaissais le pays : « Pas empereur d'un empire, il est bien trop avisé pour ne pas s'attirer des bombardements internationaux en envahissant ses voisins ; empereur de son pays. La gloriole sans les emmerdements. » Je n'étais pas un vieil ami. Xabi m'avait choisi dans une récente fournée, en se débarrassant d'anciens, comme il le fait tous les six ou sept ans. Un biographe trouverait cette chose merveilleuse à lui reprocher. « Il rompt des amitiés de dix ans ! » (Il faut arrondir pour frapper les esprits simples.) Ce qu'il oublierait, c'est qu'il y a eu dix ans. Dix ans où Xabi a donné son intelligence, ses idées, ses mots d'esprit, ses mots pensés, ses mots comiques, ses mots affectueux, sans modération. « Quelle curieuse conception de l'amitié, qu'elle doive durer toute la vie, m'a-t-il dit quand nous avons fait connaissance. C'est parce qu'on la prend comme un dépit de l'amour. » Pour lui, l'amitié doit être une passion, pas un vieux chien obèse qui sommeille à l'entrée de sa niche. Et c'est parce que je le savais tel que j'ai été flatté qu'il me fasse entrer dans un nouveau cercle d'amis, quitte à être laissé quelques années plus tard.

ricochets de théories

Il a fait son succès malgré son prénom, double succès. Et d'autant plus durable. Avant cela, ceux qui avaient acheté et aimé un livre de cet inconnu disaient, comme on tord le cou dans un col de chemise qui gratte : « Cet écrivain spécialisé dans la science des mots, euh, Xabi Puig… », et pour certains c'était Gza comme dans Xavier, pour d'autres Xsa comme dans Xsara. « On est le plus fier des choses sans importance, m'a-t-il dit. Tu me parles gentiment de tel de mes livres, mais mon plus grand triomphe me semble d'avoir fait comprendre que mon prénom se prononce Chabi. Pas Ksabi, ni Gzabi, Chabi. Cha-bi. Et même, au-delà de ça, d'avoir fait cesser de demander à "mes lecteurs", si je peux employer une expression aussi ridicule… J'ai une autre théorie. Si, en tant que Français, certains veulent toujours que tout se définisse par rapport à la France, par exemple en demandant ce que mon prénom "veut dire", cela vient d'une sorte d'inquiétude découlant de la dévaluation internationale de notre malheureux pays. Et ceux-là sont prêts à admirer tout homme “providentiel”, fût-il étranger. » Les théories, pour lui, sont parfois des idées qu’il essaie comme des vêtements.

une carte postale

À son arrivée au Venezuela, il a envoyé une carte postale à son père. Elle est là, entre les pages de la biographie de Chávez. L'œil enroulé en ruban de réglisse, un iguane prend le soleil sur un rocher.

« I'm the chairman of the bored » (Iggy Pop)

a écrit Xabi dans une bulle partant de la gueule du saurien. Je suis le P-DG des ennuyés, jeu de mots sur « chairman of the board », président du conseil d'administration. Xabi est un dictionnaire de citations, ça n'est pas anormal pour un philologue. Manie parmi tant d'autres que je lui ai prises. Xabi est l'homme qui a eu le plus d'influence sur moi sans chercher à en avoir. Il n'aime pas les liens. Il les appelait des contraintes. Pourquoi est-ce que j'en parle au passé ? La distance, c'est du temps, il le dit chaque fois qu'il retourne à Perpignan. « On fait cent kilomètres hors de Paris, et on se retrouve au XIXe siècle. » Au verso de la carte postale :

> Nous sommes devant le monde comme des passagers sur le quai d'une gare, entourés de valises vides. Ces valises sont les mots. Mon voyage dans la tyrannie sera un voyage dans les noms.

Il a voulu savoir ce que signifiait ce nom de Chávez qui avait si rapidement envahi nos têtes. De temps à autre, sur le visage politique de la terre, apparaît, pop, un nom. Un autre, pop. C'est incessant. Pop, pop. Comme des boutons, ici, là, sans raison plus particulière que des raisons, lesquelles auraient pu mener à autre chose. Égypte 1954, le bouton s'appelait Nasser. Zimbabwe 1980, le bouton s'appelle toujours Mugabe. En 2010, le bouton portait le nom de Chávez, Hugo Chávez.

prénom pouvoir

Officiellement, Xabi est parti pour faire des recherches sur les prénoms. Son ami vénézuélien (celui que j'ai rencontré au restaurant, un restaurant sud-américain du 3e arrondissement tenu par une Espagnole assez rude et très snob que fréquentent des gens de télévision, des auteurs de bandes dessinées et au moins un philologue) a raconté que, dans son pays, on peut inventer des mots et les donner pour prénoms aux enfants. Rien ne pouvait plus enchanter Xabi. Il adore se moquer de la foi qu'ont tant de Français (ses lecteurs) en l'étymologie, et, quand je lui ai répondu que c'est un signe de leur amour pour les mots, quel rire ! Pendant qu'il levait le bras pour réclamer la bouteille de vin qui ne venait pas, il a dit que les mots ne sont pas faits pour être aimés, mais utilisés, et, comme il se retournait en cherchant la serveuse du regard, le Caraqueño (habitant de Caracas) a expliqué que sa sœur s'appelle Mireilla. Il a prononcé le double *l* à la sud-américaine, *j*, Miréja. Pour prénommer sa fille,

Mireilla a inversé les syllabes de son prénom : Llaremi. (Jarémi.) Elle trouvait ça joli. « Bonne raison, a dit Xabi en revenant vers nous. Quel que soit le goût, il y a eu de l'amour. » Et, se retournant de nouveau vers la salle en tenant son coude dans la main, comme à l'école, il a dit : « C'est pas comme Assédic. »

Une enfant française venait d'être ainsi prénommée par ses parents chômeurs. « Et voilà comment des gens de l'espèce libérale qui s'appelle parents ont marqué un être à leur merci d'un mot qui le ridiculise. Un prénom, c'est le premier mot qu'on nous impose dans la vie. C'est grave, un prénom. Mon libéralisme s'arrête à la faiblesse. Il faut la protéger. » Son ami vénézuélien : « Ou non. La liberté, c'est peut-être de prendre le risque de la bêtise. Elle permet aussi de donner une chance aux jolies choses. » « Je t'aime beaucoup » a dit Xabi, toujours le bras en l'air, je crois qu'il ne s'en rendait même plus compte. Après un instant rêveur, il a ajouté : « Ça ! Le prénom, c'est la bêtise de tout le monde et la poésie de tout le monde. » Se tournant vers moi : « Les parents de ton copain Fabregoules ont eu un vrai sens de la phrase que constitue un nom de personne en le prénommant Antonin. Antonin Fabregoules, on ne fait pas plus Midi. Un peu cliché, peut-être… Enfin, ils ont cherché la poésie ; certains parents auront au moins eu cette qualité. » Se retournant vers l'ami vénézuélien : « Appeler quelqu'un par son prénom, c'est du liant par la douceur. Par son nom de famille, d'une dureté qui sépare. Mes ancêtres français… »

Il en a aussi de catalans. C'est un des exotismes qui m'ont plu en lui et un de nos points de dissemblance, moi qui n'ai que des Français pour ancêtres. Pas la plus petite goutte de sang étranger. Français, français, français. Je suis si français que je m'endors.

Le bras toujours levé, mais le coude maintenant posé sur la table, il continuait. C'est alors que, comme exalté par son brio et paraphrasant d'avance, pour ainsi dire, ce qu'il aurait pu énoncer, je l'ai interrompu : « Nos prénoms nous déterminent, mais enfin, toi, Xabi, ne serais-tu pas le même si tu t'appelais Enguerrand ? Chacun forme son prénom à son image, comme un vêtement, et le prénom diffère selon qui le porte. » Et c'est là que Xabi, reposant le bras, a dit : « Tu broies du rose. » Ah ! c'est toujours comme ça quand je suis heureux. Quand je le voyais, par exemple. La serveuse a apporté le vin.

une lettre d'une page,
quelques jours après la carte postale

C'est une lettre de Greta Garbo. Il l'avait photographiée dans une exposition.

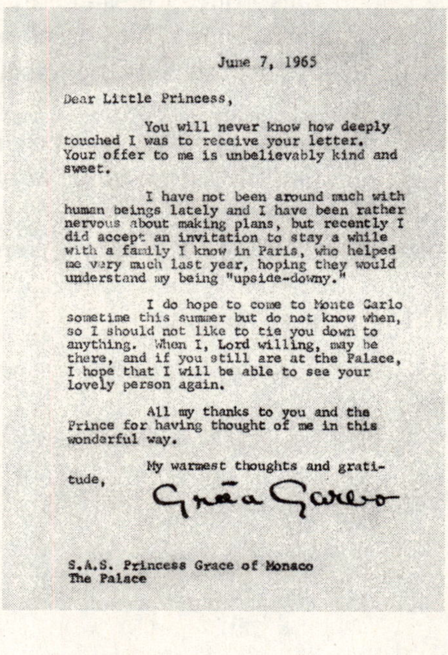

June 7, 1965

Dear Little Princess,

You will never know how deeply touched I was to receive your letter. Your offer to me is unbelievably kind and sweet.

I have not been around much with human beings lately and I have been rather nervous about making plans, but recently I did accept an invitation to stay a while with a family I know in Paris, who helped me very much last year, hoping they would understand my being "upside-downy."

I do hope to come to Monte Carlo sometime this summer but do not know when, so I should not like to tie you down to anything. When I, Lord willing, may be there, and if you still are at the Palace, I hope that I will be able to see your lovely person again.

All my thanks to you and the Prince for having thought of me in this wonderful way.

My warmest thoughts and gratitude,

Greta Garbo

S.A.S. Princess Grace of Monaco
The Palace

Grace Kelly, devenue princesse, invite Greta Garbo dans sa principauté. « Dear Little Princess », répond l'actrice, à la fois affectueuse et se disant que Greta Garbo, c'est mieux que princesse de Monaco. « Chère petite princesse... » Puis ceci ou cela, et, soudain, cette belle phrase désenchantée : « Je n'ai pas tellement fréquenté d'êtres humains, ces temps-ci. » Le plus beau est qu'elle écrit cela sans points de suspension, c'est-à-dire sans apitoiement. Xabi, au verso du tirage papier, ou au recto, selon l'importance qu'on attache aux émotions sexuelles d'un grand philologue contemporain ou aux malheurs secs d'une star de cinéma du passé, a écrit à son père, de sa petite écriture tassée comme si c'était la feuille de cigarette où un prisonnier au secret consigne ses Mémoires :

> Il me reste à remplir ce nom de Venezuela. Venezuela, quel drôle de nom. On ignore d'où il vient. De « Venise », selon le Pr Brichot, parce que les Espagnols y auraient trouvé des villages sur pilotis en y débarquant vers 1520. Parmi les nombreux médicaments contre le manque de logique de la vie, dont il est pourtant responsable, l'homme s'en est inventé un qui a pour marque : Étymologie. Et il en crée de rétrospectives pour se rassurer. Tu ne trouves pas ridicule que, en français, « Venezuela » s'écrive sans accent et « vénézuélien » avec ? Moi, dans un pays sans philosophie d'Amérique du Sud ? Et pourquoi pas, quand j'en ai vu de si beaux yeux ? Ils se sont penchés sur moi, un matin, si noirs, si beaux,

si aimants, que j'ai refermé les miens pour en conserver l'image le plus longtemps possible. Un baiser s'en est suivi. Ah, peu de choses mettent autant d'accord avec l'humanité qu'une haleine fraîche au réveil. La naïveté existe. Et pourtant, quelle dextérité, entre des draps ! J'aurais pu me contenter de l'Amérique du Sud que j'avais dans mon lit, peut-être. Mais voilà, tel est l'avantage et le désavantage de l'amour. Il nous donne cette envie de nous cultiver. Dans ce roman des noms, j'apprendrai des prénoms. Mireilla, Tigreza. Ils montrent une profonde absence de tradition qui me charme. Et c'est ainsi que je me retrouve dans le pays natal de la cause de mon bonheur. Quand j'aime, je pars.

Il déconne un tantinet, car il n'est pas parti à cause de la sœur du Vénézuélien, avec qui il n'a couché qu'une fois et par dépit. Et Lucie, tout de même ? On voit d'ailleurs qu'il est gêné à ses périphrases finales.

Une cause du succès de Xabi en France est sa manière d'écrire par fragments. L'apparence de négligé a fait passer la science, et le rythme saccadé convient à une génération dont la capacité d'attention a été réduite par les jeux vidéo. Chose frappante, lus à la suite, ces fragments forment un tout. Chose extraordinaire, leur logique apparaît mieux encore après la lecture de *plusieurs livres*. Chacun a l'air plus ou moins erratique ; réunis, ils font l'effet d'un puzzle en cours d'achèvement. L'œuvre de Xabi est en marche sous nos yeux.

Une cause de sa célébrité, il le sait, cet homme de noms, est le sien. Son nom si charmant, qui a convenu à un moment détendu de la société française, où elle a décidé d'aimer ses sonorités régionales. Le dernier moment où tout le monde a plus ou moins fait semblant de s'aimer, juste avant le début du troisième millénaire et qu'il n'ouvre la porte aux vents puants du ressentiment. Ils empoisonnent l'Europe comme jamais depuis les années 1930, étant d'ailleurs légèrement différents ; si le danger restait le même, on ne lui laisserait pas le temps de naître. S'étant faufilé de justesse avant que l'autre porte ne se ferme, Xabi est resté là, seul, étonnant, exposé, le dernier des humains. Avec son beau nom de Xabi Puig.

histoire d'un bain qu'il a pris un soir

Xabi prend un bain, chez lui, à Paris, France. « J'aime mieux lire la *New York Review of Books* que *Le Monde* », dit-il à voix haute ; et il jette *Le Monde* par terre, qui s'échoue sur le carrelage comme un chien de dessin animé, la gueule en avant, l'arrière-train en l'air. Xabi prend la *New York Review of Books*, la tenant bien haut pour éviter que la mousse ne la corrode. « J'aime mieux lire un livre d'histoire culturelle que la *New York Review of Books* », dit-il aussitôt ; et il jette la *New York Review of Books*, qui chasse *Le Monde*, restant plantée en tente sur le carrelage. Il lit quelques pages de l'*Histoire culinaire de la France*, s'amusant d'abord, s'ennuyant vite. « J'aime mieux lire un livre de littérature qu'un livre d'histoire culturelle », dit-il ; et il pose l'*Histoire culinaire de la France* sur le bord du lavabo (gouttes d'eau tombant du bras tendu). Il prend *L'Homme sans qualités*, de Robert Musil, dans une édition de poche trapue, ayant soin de conserver le dos lisse et doux, jusqu'à ce que, avec le pincement délicieux du sacrilège, il le force lentement à se casser ; et il méprise cette ride. « Je préfère la littérature au Beau ! » s'exclame-t-il, tout seul, comme ça, dans son bain, achevant le mot « beau » par un chevrotement. Il revient à sa lecture. Une tartine de pâté de campagne ramollit près de lui.

— Il lisait *Le Monde*, il lisait la *New York Review of Books*, il lisait l'*Histoire culinaire de la France*, il lisait des romanciers autrichiens de l'entre-deux-guerres ?

— Oh, ça va ! Vous lisez bien *L'Équipe*. On appelle snobisme les plaisirs qu'on ne comprend pas.

sa voix

Le physique n'exprime rien sans les gestes et la voix, premières manifestations de l'esprit, qui anime. Esprit changeant, certes, puisque nous les modulons selon le moment, nos interlocuteurs, notre milieu, mais seul le sauvage est entier, et c'est une brute. Les fluctuations, contradictions si on veut, hypocrisie si on veut encore, sont le seul moyen des faibles comme nous de défendre cette petite chose dure et intransigeante qu'on appelle donc l'esprit. Xabi a de lents gestes interrompus, comme s'il se posait en cours de route la question de leur utilité. Un de ses grands charmes est sa voix de baryton légèrement voilée. Il a fini par avoir l'habitude des maîtresses qui lui disent qu'elles se sont masturbées en l'écoutant à la radio.

sa cicatrice selon Xabi et paraphrase par son disciple dans un restaurant

Séparés, les éléments de son visage sont imparfaits. Un nez fort, mais dévié au bout. Des lèvres pleines, mais légèrement tombantes. Et des mains larges, mais courtes. Des épaules larges, mais trop, même relativement à sa grande taille. Réuni, tout cela forme un ensemble d'une très grande séduction. Comme sa façon d'écrire, en somme. Les mains ont des mouvements souples, quand il sourit, la bouche, avec un triple pli de rideau de théâtre, s'illumine d'un sourire lumineux, et tout ça sur d'immenses jambes. « Xabi ? 70 % de jambes », a dit Lucie. Parfois il se tient debout, viril, les bras croisés avec inquiétude, comme quand, au Nemours, il s'est levé tout d'un coup, croyant reconnaître, sortant de la bouche de métro à ampoules multicolores, un ancien ami.

Un jour qu'il avait donné une grande gifle à un type qui avait bousculé une fille à la sortie de la

Comédie-Française et que ce petit nerveux l'avait bourré de coups de poing en retour, Xabi s'est relevé, le sang lui coulait longuement des narines comme une moustache d'assassin chinois dans une BD satirique. Il ne s'est pas essuyé, tenant le crâne en arrière, insolent malgré la défaite. Histoire de sa cicatrice, du moins selon ses dires.

Théorie de la cicatrice. « La cicatrice, c'est du romanesque. » Je venais de lui dire que celle que je porte à la tempe provient d'une porte heurtée durant une course après ma sœur pour la battre quand nous étions enfants. « Immédiatement, j'imagine une scène. Tu es là, dans une autre situation que celle, statique, où tu te trouves en me la racontant. Dramatique. Mouvante. Oui, la cicatrice, c'est du mouvement, contre la tendance à la fixité de l'homme vieillissant. — Vieillissant ha ha ha », ai-je répondu. Je suis assez susceptible sur la question de l'âge. Et j'aime les cicatrices pour une autre raison. Elles attirent l'attention vers la peau. Regarde comme elle est belle, me chuchote cette flèche. Et imparfaite, tant mieux, car la perfection c'est la mort, comme dirait Xabi. Il continue à théoriser, à la terrasse du Nemours, et pendant ce temps son ami ne l'écoute pas, qui regarde la sienne en rêvant. Très fine, la cicatrice de Xabi, juste au-dessus de l'angle de la mâchoire inférieure. Son ami pense à un jeune homme qui en avait une ailleurs et à qui il a oublié de demander comment il se l'était faite. Un quickie à l'heure du déjeuner ne laisse pas beaucoup de temps pour la conversation. L'âge ? Oh, l'âge. Le même que Xabi, qui n'a aucun problème à *avouer* le sien.

Xabi privé et public

Ses allusions peuvent être très drôles. Par exemple, cette référence à Racine :

> Un pingouin marchait sur la banquise en haussant les épaules, se répétant en lui-même : « Pourquoi suis-je empereur ? Pourquoi suis-je amoureux ? »

ou encore la parenthèse suivante :

> (Histoire d'un mormon persécuté parce qu'il était monogame.)

Il a également de l'humour dans la vie. À force de rencontrer des puissants et des célèbres, j'ai fini par me dire ceci : plus il y a de différence entre la personne publique et la personne privée, plus il y a de chances que l'individu soit un salaud. Le ministre X…, qui effraie tout le monde par sa férocité (c'est lui qui a demandé la tête du secrétaire général du MEDEF à sa présidente), est, dans l'intimité (il ne l'a pas obtenue, les puissants entre eux sont ainsi, s'ils contentaient le lion d'en face en leur livrant leurs chacals, ils n'auraient plus de meute), charmant. Détendu, souriant, sans pose. *Et c'est ce qui m'a effrayé.* Si c'était là qu'il faisait semblant ? A confirmé ma méfiance un coup de téléphone qu'il a reçu en ma présence. Il s'y est montré brièvement sarcastique et suavement implacable. Voilà la personnalité d'un homme dangereux. *Il ne joue pas moins la comédie en privé* – simplement, c'en est une autre. Les naïfs braves gens croient que le « vrai » politicien, artiste, écrivain, se trouve dans sa vie privée ou ce qu'on appelle ainsi, laissant d'ailleurs entendre que c'est une cachette. Les naïfs ou orgueilleux ou naïvement orgueilleux politiciens, artistes, écrivains, croient que c'est dans leurs œuvres ou leurs actes que réside leur « vraie » personnalité, car c'est là qu'ils ont mis le plus d'efforts, ils disent « le plus d'eux-mêmes » ; et nous, nous disons le plus de leur moi idéal. Il n'y a pas une vérité séparée des hommes. On est ceci *et* cela. Xabi a répondu à une interview : « Je ne suis pas moins dans mes livres que dans ma vie, pas moins dans ma vie que dans mes livres. Je suis dans mes rêves, peut-être, un peu, aussi. » (Le journaliste a changé en : « Je suis dans mes rêves » tout court, ce qui l'a agacé.) En tout cas, il reste le même en tête-à-tête et à plusieurs. Il ne joue pas au Grand Philologue, en étant un et méprisant le genre d'admirateurs qu'il pourrait conquérir par des simagrées. Il est aussi peu respectueux en public qu'en privé. Je l'ai vu éclater de rire à l'éloge qu'un hypocrite faisait devant plusieurs personnes du livre d'un présentateur de télévision qui aurait pu lui être utile. On n'a jamais pris Xabi en flagrant délit de prudence.

tourisme de tyrans

Partant de Caracas pour un séjour à l'archipel de Los Roques, il y a quelques semaines, il a appelé son père de son portable dans la file d'attente de l'aéroport. Son séjour était intéressant, agréable, sexy parfois. Il savourait le souvenir récent d'une plage et de caipirinhas au soleil couchant, la mer venant se prosterner à ses pieds, « ma tyrannie à moi », a dit cet homme si libéral que les femmes se vexent de ce qu'il ne soit pas jaloux, et elles partent. Un homme abandonnant ses amis et abandonné par ses amantes. Quand Lucie… Au moment où il revenait sur elle (à 5 000 kilomètres, à un moment aussi inapproprié), on lui a tapé sur l'épaule. La même chose s'était déjà produite, trois heures auparavant, dans le même aéroport, la même file d'attente.

Une casquette, un uniforme kaki, des rangers. Là-dedans, un tout petit corps. Jeune, très jeune. Une tête carrée, aux traits indiens prononcés, genre Chávez. L'air buté, c'était la différence ; très buté. Xabi a ôté un écouteur de son téléphone : « Suivez-moi. » Le petit homme portait un brassard rouge au bras droit. « DROGAS. »

Dans le petit bureau où on l'a conduit après un enregistrement par trois policiers eux aussi très jeunes et se donnant l'air important, le plus gradé scrutant les tampons du passeport comme pour lui faire avouer une faute, on a fait attendre Xabi sans une explication. La pièce débordait de jeunes policiers vautrés, l'air narquois, certains dans des uniformes si peu à leur taille qu'ils avaient moins l'air de policiers que déguisés en policiers. « 18, 20 ans là encore, comme si on avait raflé la jeunesse pour en faire une police », a-t-il dit à son père. Plus les ordinateurs vieux de dix ans, la carte du pays punaisée de travers, les paperasses en désordre, c'était une caricature d'Amérique du Sud dans une comédie satirique américaine qui se moquerait de l'idée reçue de l'Amérique du Sud. Deux policiers faisaient des commentaires à voix haute sur Xabi, comme s'il n'était pas là ; comme s'il ne valait pas la peine de le prendre en compte ;

comme s'il n'était pas une personne. Le premier abus de pouvoir de toute police est l'impolitesse.

Celui qui l'avait interpellé (« appelons-le Mini-Chávez ») a mis les mains dans la valise qu'il lui avait ordonné d'ouvrir. « Adieu, repassage ! s'est dit Xabi ; pourquoi n'apprend-on pas aux policiers anti-drogue à ne pas froisser les vêtements ? La considération qu'on a de notre âme immortelle commence par nos chaussettes. » Pendant qu'il tentait de se rassurer par des plaisanteries, une policière, jeune, jeune, jeune, butée, butée, butée, rogue, rogue, rogue, s'est plantée entre Mini-Chávez et lui. Ces policiers lui semblaient d'autant plus inquiétants qu'ils exagéraient leur brusquerie pour conforter une autorité dont ils semblaient douter. À l'intérieur de la valise qui avait désormais l'air d'une chambre d'adolescent en révolte, Xabi remarque, contre un livre, un bracelet en caoutchouc noir orné d'une empreinte de main blanche. Si Mini-Chávez le remarque, que se passera-t-il ? C'est l'emblème des étudiants d'opposition. Mini-Chávez déplace le livre. « Le bracelet était là, isolé, énorme à mon regard. Mini-Chávez soulève la trousse de toilette. Le bracelet est de plus en plus seul. Mini-Chávez ne le voit toujours pas. Et alors, sans s'en rendre compte, il déplace une pile de T-shirts, et voilà mon bracelet caché ! Ça ! Je ne dirai jamais plus que des scènes pareilles, au cinéma, sont impossibles. Elles sont simplement invraisemblables. L'invraisemblable est ce qui se produit sous les yeux des hommes sans qu'ils le croient. » Où l'on voit le penchant de Xabi à vouloir tirer une idée générale de toute circonstance, comme s'il s'agissait de faire de la vie un peu plus que la vie.

Mini-Chávez a brandi une trousse de médicaments et demandé en grognant à Xabi si c'était à lui. A reniflé ses vêtements. Ouvert un couteau pliable, arraché la doublure en tissu encollée à la coque en plastique de la valise, reniflé le tissu. « Drogas ! Tienes drogas ! — Allons ! » a dit Xabi, forçant son air indigné. « J'ai toujours du mal à croire à la stupidité. Ça me portera tort, un jour. » Tout autour de lui, la fille, le patibulaire, tous l'observaient, mâchant du chewing-gum, se grattant les joues. De la pointe de son couteau, Mini-Chávez a gratté la paroi intérieure de la valise, léché la lame en fronçant les sourcils. « Drogas ! » Il a tendu un prélèvement vers le patibulaire, lequel a léché sans commentaires. « C'est là que j'ai compris comment on peut faire de faux aveux, a dit Xabi à son père, dans sa file d'attente. Arrêter une comédie aussi grossière. Aussi gênante. C'est à ce moment-là que nous perdons l'intelligence, par impatience, par snobisme, par lassitude. » Mini-Chávez lui fait signe de fermer sa valise. Contrôle des papiers par les policiers qui les avaient déjà contrôlés. Au moment où Xabi croyait pouvoir retourner vers le comptoir de la petite compagnie locale qui le mènerait dans une petite île exquise, œuf au plat sur du bleu, dans un petit avion très peu sûr, un crash tous les six mois, un homme vêtu d'un uniforme militaire s'est planté devant lui, pistolet-mitrailleur sur la poitrine. « Venga ! » a ordonné Mini-Chávez, et voilà Xabi poussé à l'arrière d'une jeep. Une *jeep* ? Il prend son téléphone portable. « No ! — Comment, no ? — No ! » S'il a eu de l'esprit dans sa vie, c'est à cet instant, où il a su faire taire sa langue moqueuse et ne pas insister. La jeep, quittant la zone de l'aéroport, a filé sur l'autoroute. La route monte, monte. La voiture pénètre dans le barrio que Xabi avait vu, d'en bas, en arrivant de Caracas, coloré, plein comme un fruit, mystérieux. « "Barrio" était resté pour moi un mot de peu de sens. Certains me sont très réels, café, beurre, Roland Barthes, Nemours, Lucie, rue du Mont-Thabor, mais barrio ? La première fois qu'on en voit un, on est surpris. Ces paquets de baraques ventousées aux collines, peintes de couleurs vives comme pour dire aux citadins d'en bas : "Merde", on en parle plus qu'on ne les visite. Par exemple, pour dire qu'ils sont tenus par des bandes, que c'est là que, au Venezuela, il y a le plus d'assassinats. Gangs. Cocaïne. Chantage. Prostitution. Des noix de crimes. Je me demande combien de ceux qui parlent des barrios y sont entrés. Que c'est commode, les noms ! »

Dans un de ses livres dont j'ai recueilli les meilleurs passages dans mon ordinateur…

Les mots sont faits pour mentir.

Et, plus loin :

> Les mots n'ont de pouvoir que celui que nous leur conférons. Ce qu'ils ont, les mots, c'est un ou des sens. Éblouis par un prestige qui ne leur vient que de notre consentement, nous leur croyons, en plus, un pouvoir qui n'est que fiction. C'est leur force. La fiction est plus crédible que la vie, car elle a un sens moins brouillé.

Dans un autre livre encore :

> On croit que les choses que nomment les mots existent. C'est juste une habitude que nous décidons de prendre. L'humanité, par grandes périodes, décide de suivre un mot avec passion. Ou plutôt deux mots, et c'est avec violence. Une partie est pour le progrès, l'autre pour l'ordre : tuerie. Les mots n'y sont pour rien. C'est le besoin irrépressible de fanatisme qui fait de ces pauvres chiffons des bannières.

… Ce barrio n'était pas ce que prétendaient l'habitude, la candeur, la propagande, l'indifférence, la malhonnêteté et la bonne foi également. Xabi a été surpris de voir des rues larges, des gens qui traversaient sans s'égorger, et… Le Venezuela reste le pays le plus dangereux d'Amérique latine. La semaine précédente, le ministère de l'Intérieur avait reconnu que 20 % des crimes de l'année avaient été commis par la police. La voiture a grimpé, tourné, grimpé, tourné, grimpé, tourné, s'est garée devant un hôpital. Le médecin était cubain. (Accords entre Chávez et Castro faisant l'un envoyer des médecins à l'autre en échange de pétrole.) Il a demandé à Xabi de se déshabiller. Même si on ne lui disait rien (il n'existait toujours pas, il était une chose), Xabi a compris que la radio vérifierait s'il n'avait pas ingéré de sachets de drogue. « Le moment où j'ai vraiment été inquiet est celui où le médecin est parti développer la plaque. Il pouvait l'échanger contre un cliché prouvant que j'étais farci à la coke. » On lui a simplement soutiré quelques dizaines de dollars pour prix de la radio puis on l'a raccompagné à l'aéroport, où il a signé un quitus. « La page était blanche. Si je reviens au Venezuela après mon retour en Europe, on pourra me faire avouer que j'ai violé une école maternelle entière. Enfin, me voici seul, c'est-à-dire libre, dans une file d'attente délicieusement interminable », a-t-il dit à son père. C'est là qu'il a coupé. Rappelé. « C'est un de mes contacts à Caracas qui me cherchait depuis des heures. Il se faisait tellement de souci qu'il s'apprêtait à venir à l'aéroport. Il m'a fait des excuses au nom de son pays. Aucune excuse à faire, bien sûr, mais c'était gentil, et très triste. » Quand son père m'a rapporté cela, j'ai trouvé enfantin d'appeler « contact » un ami que je lui avais recommandé et qui lui avait servi de guide pendant son séjour, puis évident qu'on avait cherché à lui faire manquer son avion pour l'intimider. Ils connaissaient tout de son séjour, c'est certain. Qu'il avait rencontré des étudiants d'opposition. Encore plus sûrement, qu'il avait parlé à l'ancien directeur de la PDVSA. C'est au moment où il demandait à son père de ne rien raconter à sa mère, et commençait une théorie sur Lucie, qu'il s'est interrompu et a murmuré : « Mini-Chávez revient. »

le savon

Le savon liquide ne sent pas bon. Il y a quelques années, un homme à idées a eu celle, chez Air France, de faire installer des languettes de savon supposées fondre au contact de l'eau ; elles collaient à la main comme une hostie au palais. Le savon liquide est revenu, médiocre et agréable. C'est comme la démocratie. Elle agace, mais, si on la compare à la colle morne des totalitarismes et à l'hystérie perpétuelle des dictatures, on souhaite conserver cette médiocrité qui, au prix de quelques fanfarons qu'on est libre de ne pas réélire et de voleurs qui passent, laisse les individus, en gros, libres. La devise de la démocratie pourrait être : « Enfin déçus ! » Quand j'ai vu Xabi s'éloigner au milieu de la rue avec ses grandes jambes dans le jean dont la toile raide donnait l'impression qu'elles étaient une paire de cheminées cabossées sur un toit de ma chère ville de Paris, je me suis demandé si, pour vouloir écrire sur Chávez, il n'en était pas arrivé au stade de l'intellectuel qui, n'ayant plus rien à dire, cherche un placement sans risque dans la morale internationale, comme d'autres achèteraient du Halliburton ou de l'ExxonMobil. Il avait commencé à écrire son livre. Du moins le disait-il.

les attentions

Je crois que je ne connais rien de plus délicieux et de plus rare que les attentions. Les *attentions*. À quelle ère raffinée du sentiment a-t-on inventé ce mot, et où ? Au XVIIIe siècle dans le contraire d'un *salon*, « ces horreurs de convention et de méchanceté » (Xabi) ? Au IIIe avant Jésus-Christ dans la Chine des Han qui écrivait les *Dix-neuf poèmes anciens*, « les plus délicats poèmes du monde » (même homme) ? Le tact, c'est très bien, mais ce n'est pas actif. Le tact est précautionneux, prudent, prenant garde à ne pas heurter. Voilà. Le tact, c'est *ne pas*. Les attentions, elles, agissent. Prennent un risque. Celui de tenter de faire plaisir. Et pas par du luxe, du cher, du voyant, ces façons barbares, mais par l'imagination. Elles cherchent à découvrir le plus secret plaisir de l'autre et le lui apportent, sans éclat, en baissant les paupières – sous lesquelles patiente le regard brillant du plaisir que l'on ressentira du plaisir ressenti. Le plaisir devrait être la seule loi du monde.

Et ce n'est pas pour charmer. Charmer est une manière de soumettre. Dans les attentions, on *se* soumet. Aucun abaissement, aucune humiliation ; une politesse. On se place une marche en dessous pour tendre à l'adoré ce qui, peut-être, lui sera doux. Ce sentiment médiéval, oui, ça doit être au Moyen Âge qu'on l'a inventé, n'est pas fait pour être compris de nos jours.

Et Xabi ne l'a pas. Il fait preuve de beaucoup de tact quand il y pense, mais jamais d'attentions car il n'y pense pas. Il est trop centré sur lui-même, ou plutôt sur ce qu'il pense. De temps à autre, comme on reprend son souffle hors de l'eau, il s'arrête stupéfait de parler et laisse l'autre dire, faire, expliquer, et cela d'autant plus longtemps qu'il s'est senti grossier. Il écoute avec une attention sincère, je dirais, complètement hors de lui. « Hors de soi », au contraire du sens admis, devrait vouloir dire « avec le plus grand calme », si j'en juge d'après Xabi. De temps à autre, terriblement gêné, il se précipite pour faire un présent maladroit. Du paquet désenrubanné coule une écharpe en cachemire, alors qu'on préférerait le coquetier chinois en plastique qu'on avait vu ensemble dans une vitrine de Belleville. Bah ! De lui j'aime tout, même ses petits défauts. Nous n'en avons pas, nous ? Et encore, je ne dis ça que pour la vraisemblance, laquelle déclarerait impossible qu'il en soit dépourvu. La vraisemblance est une terreur imposée par les méchants pour que le monde leur ressemble. Ils arrivent à faire passer l'idée que ces « petits défauts » sont en effet petits. Ils sont atroces. On devrait les appeler « abjections discrètes ». Ce qu'a Xabi, ce sont de grands défauts. Son émotivité le fait bouillir d'irritation à la première contrariété. Je suis sûr que cette grande faiblesse lui a fait faire une bourde à Caracas. Et son désir d'être aimé, dans une humanité telle qu'elle se laisse aller à être ! On montre son cœur, il s'y plante aussitôt une hache.

à Venise, quelques mois auparavant

Files d'attente devant toutes les toilettes de la classe Économique. C'est ça, ne pas être riche : attendre pour pouvoir pisser. Un Italien laisse passer une hôtesse. Le regard de ces machos dès qu'une femme a le dos tourné ! Elles en sont léchées.

J'attendais un vaporetto à la station Palanca, sur la Giudecca. Tous les garçons avaient des têtes de faunes, cet été-là. J'en regardais un assis sur la rambarde de l'embarcadère. Du faune il avait le buisson de cheveux roux bouclés et le menton rendu pointu par la barbe, mais aussi les mollets maigres et couverts de poils. (Les pantacourts se portaient encore, à Venise.) Mon regard fut capté par un des bateaux de croisière américains qu'on autorise à traverser le canal de la Giudecca, gommes obèses que le dieu de la banalité traînerait derrière lui pour effacer cette ville scandaleusement rose. Je craignis de ne pas retrouver, après son passage, les paquets de choses ravissantes qui sont Venise. Haut, haut, haut, long, long, long, blanc, blanc, blanc. Derrière ce gratte-ciel couché, un petit vaporetto bourré comme une tourte attendait en balançant sur les eaux. Le paquebot s'éloigna. Le rose était resté ! L'ouvreur de rampe du vaporetto, je ne sais pas plus le nom en français qu'en italien, était bourru, mal rasé, le cheveu collé au gel et portait une boucle d'oreille. Il faut parfois aller à l'étranger pour se rendre compte de quel genre sont nos connaissances ; c'est en regardant cet homme que je me suis rendu compte que mon confrère X..., petit, noiraud et mal rasé, a l'air d'un wattman de vaporetto. (Wattman ?) L'autre fait voir le soi. L'autre *est* le soi. Tout homme... Je philosophotais pendant la cohue des sorteurs. Agilité des vieillards. Sérieux des mères à poussette. Touristes courbés sous leur sac à dos, le regard zigzaguant. Tout est théâtre à Venise, sauf les Vénitiens, qui seraient théâtraux de façon superflue. Quand le bateau est reparti, il ne restait que le grincement de la barge et les grosses asperges des épieux. Et Xabi Puig, sorti le dernier, sur ses grandes jambes.

J'enquêtais sur la mafia de Venise, on n'en parle jamais. C'était un mauvais sujet de magazine, les lecteurs n'aimant que la répétition de choses connues, mais j'avais réussi à « vendre » le sujet à mon rédacteur en chef, lequel se foutait d'ailleurs de ces pêcheurs de palourdes qui rackettent les restaurants de poisson et assassinent vaguement un ou deux mauvais payeurs chaque année ; Xabi se trouvait là pour un colloque. On parlait traduction, numérisation des livres, Internet et démocratie, non diabolisation de l'islam. Orhan Pamuk. Elfriede Jelinek. Ça sentait le Nobel. Des qui l'avaient eu et des qui en rêvaient, courtisant les premiers. Ce que Xabi faisait là ? Sa situation n'était pas si assurée. L'Université le détestait comme publiant autre chose que des livres pédants et sans conséquence, la littérature ne l'avait pas tout à fait admis parce qu'il venait de l'Université. Une invitation bien médiatisée en France parmi les bœufs de labour de la pensée impressionnerait les naïfs (les mêmes naïfs que, peu après, il voudrait désillusionner sur Chávez). Dans sa conférence sur Flaubert, ni bien ni mal, Orhan Pamuk a parlé d'un écrivain du XIXe siècle que je ne connaissais pas, mais Xabi m'a appris que c'était un ami de Flaubert. Qui sans Flaubert se souviendrait de cet homme que Pamuk était en train de qualifier d'« efféminé, mais fiable » ? Un pèlerin des droits de l'homme avait dit « efféminé, mais fiable » ! Tous les hommes n'avaient pas droit à la même considération, semblait-il. Pendant nos trois jours de Venise, chaque fois qu'on vit passer un bel Italien en chemise rose (je n'en déduisais plus depuis longtemps qu'il était gay), chaque fois qu'un intervenant citait Wittgenstein ou Francis Bacon, Xabi et moi nous exclamions : « Efféminé… mais fiable ! » Xabi en faisait même trop. « Tu ne serais pas un peu… efféminé, mais fiable ? » m'a-t-il demandé comme je photographiais le cavalier en érection du musée Guggenheim. Il voulait faire le dégagé. Le troisième jour du colloque, un écrivain français qui se croyait homme d'esprit a tricoté des développements sur les mots « sein » (la poitrine) et *« sein »* (« être », en allemand). On devine les banalités en plomb qu'il a débitées, à l'admiration béate de « l'impitoyable Karine de Montfort » qui, au premier rang, ne comprenant rien, s'en croyait intelligente. Le sein c'est l'être, etc. Du fond de la salle où il s'était assis avec moi comme un sale gosse, Xabi a grommelé : « Sein, mon cul. » On s'est bien amusés.

Dès que quelqu'un me plaît, je décide de l'aimer. Nous n'avons pas trop de chances à donner à notre bonheur. Dès que quelqu'un lui déplaît, Xabi s'en débarrasse. Nous n'avons pas trop de chances à donner à notre confort. Et voilà comment nous sommes devenus amis sur-le-champ. J'ai senti qu'il me faisait passer un examen lorsqu'il m'a demandé : « Tu as beaucoup d'amis ? », et que j'ai été reçu pour avoir répondu : « Pas énormément. » « Très bien. Avoir énormément d'amis, c'est n'en avoir aucun. » J'ai été flatté de me retrouver, sans plus de complications, dans le cercle d'un penseur célèbre, talentueux, raffiné. (Il est philologue, mais les critiques le qualifient de penseur, sans doute à cause des idées générales.) Il était rieur et chaleureux. Certains s'étonnent que les hommes exceptionnels soient « simples ». Ça doit être une sorte de complexe de leur part. Ce sont plutôt les simples qui ont des manières de rustres, comme le président du syndicat des pêcheurs dont j'avais expédié l'interview.

On avait logé Xabi au Molino Stucky. Il reste, dans les cours transformées en jardins de cette ancienne usine de farine devenue un hôtel, le buste de M. Stucky. Le sourcil grave, il observe ses ouvriers. « Il devait exercer ce paternalisme du XIXe siècle qui se pensait justifié par sa sévérité, a dit Xabi. La tyrannie croit se légitimer par l'état d'enfance de ceux qu'elle gouverne. Comme si les tyrans n'étaient pas des enfants, des enfants tyranniques. » C'est le premier intérêt sur ce sujet qu'il a exprimé en ma présence, je m'en rends compte en revenant sur l'histoire de notre rencontre. Ma mémoire, ce compresseur de fichiers, s'est facilité la vie au moyen du vice français, la logique. Il était *logique* que ce fût au cours du dîner avec son ami vénézuélien qu'il ait pour la première fois exposé des idées sur la tyrannie, et cela m'a fait effacer ce moment. La mémoire instrumentalise l'oubli ; non par malveillance, parce qu'elle est une artiste. Il avait deux places pour la Fenice où il ne comptait pas aller, mais comme j'étais là, voilà. C'est l'opéra du coin. Il a été restauré avec application et sans lésiner sur la peinture ; on croirait une boîte à biscuits en fer peint des années 60. Observant les balcons roses, turquoise et dorés, Xabi : « Les balcons ventrus des théâtres XVIIIe, les coques ventrues des navires XVIIIe, imitaient-ils les corps ventrus du XVIIIe, ou étaient-ils imités par eux ? Au XXIe siècle, nous sommes minces comme notre architecture. On devrait pouvoir induire que les Athéniens l'étaient. » En voyant autour de moi, dans l'avion, quantité de Sud-Américains trapus, il m'apparaît que Xabi a une tête de Français typique. Un visage mince, pâle, inquiet. Un Français d'aujourd'hui semblable, disons, à un Français de la Renaissance tel qu'on peut en voir dans les musées. Lui. L'acteur C… Le chanteur R… Et… Et… Et… Certains découvrent les choses tout de suite, sans besoin de « recul ». Xabi, par exemple, qui dès son premier livre a su imaginer tout ce qu'il ne savait pas.

Le jour de son intervention, il a expliqué que nous ne pouvons plus lire de romans de mille pages comme au début du XXe siècle, dans une société bourgeoise qui avait des loisirs et du temps. Or (a-t-il ajouté), du temps, nous en avons toujours davantage : lois de réduction du temps de travail, allongement de la durée de la vie, etc., etc. ; il se produit sans doute que, ce temps, on ne veut plus le passer dans une occupation prouvant que, précisément, il dure. Qu'on n'en finit pas de vieillir. Ce n'est pas qu'une question d'âge (a-t-il continué), c'est une question d'éternité. En vieillissant de plus en plus, nous acquérons un avant-goût de ce qu'elle est, l'Ennui. Aussi, en même temps que l'allongement de la durée de la vie, etc., sont apparus les romans hachés comme des stroboscopes ; la biologie a créé une esthétique. Celle-ci est aidée par le fait que nous bougeons sans cesse, courant d'un métro à un taxi, d'un TGV à un avion. « La forme de nos vies change la forme de nos livres. » S'arrêtant, il a malaxé son trousseau de clefs. Baissé le cou, levé un œil. Eu un sourire espiègle et, alors que personne ne l'avait interpellé, repris : « Je suis d'accord. Les formules sont parfois destinées à enivrer l'auteur seul. Il fait sonner des mots qui ont l'air d'échos, et il croit avoir pensé. » Puis il a reparlé de la forme des romans… nos vies… les TGV, les avions… trouver la forme moderne du livre… les journalistes racontent au passé simple, pensant que c'est littéraire… démodé tout ça… le roman devrait mélanger la réflexion philosophique… abandonner des territoires pour en conquérir d'autres… lu un essai intitulé *La Conquête du roman* : la conquête du roman, ça aurait consisté à en écrire un… Sur cette vacherie, je me suis réveillé. Le destin du roman, je dois dire, je m'en fous. Je préfère en lire de bons. Il me semblait d'ailleurs que ses livres, enfin vus de loin, je n'en avais pas lu un seul, ses livres sans genre précis, philologie, remarques sur la vie, essais, un peu récits, parfois fiction, toujours fragments, étaient l'écho parfait de la vie actuelle, et qu'il venait de faire la théorie de son œuvre.

Venise est le seul endroit d'Europe où l'on puisse se baigner dès le mois de mai. En accédant à la piscine du Cipriani, bordée de clients très riches et très vieux, Xabi a dit : « Lourdes. » On est allés au Lido. Dans des transats voisins, deux Anglaises parlaient. Elles l'ont fait sans discontinuer, pendant trois heures. L'une prenait le relais de l'autre pour éviter tout silence ; l'une s'interrompant, l'autre, prise de court et de panique, s'est mise à crier : « Po-po-po-ker-face ! » sur un vague mode chanté, et ça a relancé la machine. Piapiapia, piapiapia. Des oiseaux, sans l'utilité du chant qu'on suppose aux oiseaux. Leur accent picotant pareil à une ampoule qui s'éteint et se rallume rendait la chose encore plus suffocante. Comme elles succédaient à la gamine du vaporetto qui, collée à nous, avait parlé à voix très haute dans son téléphone durant tout le trajet et, avant elle, à la tenancière du point Internet qui avait crié : « Io sono una persona civile e democratica ! » alors qu'elle blablatait depuis un quart d'heure, importunant tous les clients, j'étais un peu irrité. Même le garçon plus loin, avec son ridicule et sexy petit maillot vert pomme, ne réussissait pas à me distraire. Xabi : « Les dictateurs sont bavards. » Les Anglaises, sans aucun rapport, ont éclaté d'un rire crissant de volière. C'est alors que j'ai commencé à dire des choses aimables. Xabi, qui s'endormait, c'est le privilège des hétéros, qui sont avec le bruit comme les femmes avec les enfants, sourds, a marmonné : « Qu'est-ce qui est passionnant, sinon les défauts ? »

Je dois dire aussitôt, sachant ce que les fins déducteurs insinueront, que, si le film *Femmes* de George Cukor, où une poignée de femmes hystériques hystérise, est assez amusant (quoique pas autant qu'on le dit), personne n'a jamais filmé *Hommes*. Quand on filme *Hommes*, ce n'est pas une satire, mais une comédie sentimentale où, après s'être gentiment moqué des mâles, on s'attendrit sur eux. Quel jeu de fléchettes Xabi saurait faire avec ça ! Au pire, les femmes sont des serpents, au pire, les hommes sont des chiens. Au meilleur, il cesse d'y avoir une différence sexuelle.

Assis à l'avant du vaporetto, Xabi m'a dit adorer les histoires d'enterrements et raconté celui d'un arrière-grand-oncle, dans un village des Pyrénées, tel qu'il lui avait été rapporté par un grand-père qui y avait assisté enfant. L'homme était mort de la gangrène. Derrière le cercueil secoué sur les épaules des garçons du village en pente, la veuve en mantille tenait par la main ses deux petites filles. Soudain, sifflement. Ceux qui l'ont entendu prennent soin de ne pas le remarquer. Le sifflement persiste. Quelques regards s'éveillent, des têtes se tournent de toutes parts. Le sifflement augmente. Explosion du cercueil. La gangrène, continuant son œuvre, avait produit un gaz qui, comprimé dans la boîte, s'échappait en lançant le couvercle, un bout de bras, une jambe, une oreille. Xabi : « C'est macabre et comique. Le morbide aurait été lugubre. Le macabre est… » Il s'est interrompu, enchanté par un déménagement qui passait et dont j'ai pris une photo sur mon téléphone :

« Partir comme ça ! Être escargot ! Un jour, je m'en irai ! »

portraits de raseurs, sots, grotesques et déplaisants qui ne seront pas dans ce livre

Il y a des gens qui adorent ce qui ne leur fait pas plaisir. Ça s'appelle des misanthropes, je crois. Ils trouveraient leur bonheur en avion, ce concentré d'humains. Ils le trouveraient n'importe où. Mettez un misanthrope au paradis, il râlera parce que Ève ronfle. Je suis sûr que j'en vois un, là-bas, avec ce teint verdâtre et cette bouche amère. Dans ma carrière de passager, j'ai eu droit comme raseurs à : une élégante archiparfumée ; un obèse suintant ; quelques anxieux qui massaient leurs accoudoirs en blêmissant ; quantité de voisins de devant qui se rasseyaient comme des tremblements de terre, et peut-être plus encore de voisins de derrière qui se cramponnaient aux têtières chaque fois qu'ils se levaient, ceux-ci transformant ma tête en sac de noix, ceux-là faisant sauter comme des crêpes les magazines sur ma tablette. Ah, non, je ne polluerai pas mon récit de gens pareils, ni des divas de boutique qui vous toisent près du portant où soupirent quelques

T-shirts râpés, ni des employés de hotline qui vous traitent comme un caca de rue parce que vous avez osé demander une explication sur une panne, ni du jeune bourgeois en loden et parapluie roulé qui a dit « Pousse-toi, connasse » à ma chère mère de 75 ans qui marchait rue de Rivoli (elle en rit encore), ni de l'éditorialiste de mon journal persuadé d'être un penseur parce qu'il manipule des notions grosses des ballons qui l'impressionnent et où il trébuche comme un con, ni même des Beauregard de Latouche !

Beauregard de Latouche. Mickaël Beauregard de Latouche. Une des plus splendides erreurs de ma vie. D'une beauté à la Keanu Reeves, l'acteur de *Matrix*. C'est au sortir du lit qu'il m'a raconté que ses yeux effilés lui venaient d'une Japonaise de Californie que son grand-père, militaire américain qui la gardait dans un camp pendant la Deuxième Guerre mondiale, avait épousée. Maintenant qu'il me le disait, bien sûr ! Son nom m'avait caché ses origines. Elles étaient pourtant évidentes. La magie que nous concédons aux noms, comme dirait Xabi. Travaillant comme concierge adjoint dans un palace, il voulait démissionner car assez perdu de temps dans occupations vulgaires. Prenait cours de stylisme. Son corps était moins fascinant que son visage. Mou. Les hanches grasses. Comme brumeuses. J'avais eu l'impression d'avoir une flaque dans mon lit. Mais voilà, j'ai voulu croire à un visage. À cause de lui, j'ai donné toutes leurs chances à mon impatience et à un imbécile. Dieux des écoles de rattrapage, que ce garçon était bête ! Le troisième jour, pour la troisième fois, il a mentionné un troisième acteur avec qui il avait couché, et avec le même jugement : « Un très mauvais coup. » C'était étonnant le nombre de gens connus avec qui il avait couché, et tous de mauvais amants. J'ai regardé la chevalière armoriée. Il la gardait au lit. Je n'ai pas eu plus de doutes que ça. Comme il allait à la salle de bains, un SMS a bondi sur l'écran de son téléphone. Sa mère lui donnait des conseils pour mieux m'escroquer. Mère bénite ! Sans toi, un con rusé embobinait un con naïf. Le prénom si peu Beauregard de Latouche de Mickaël, sans doute la seule chose authentique de son histoire (et d'ailleurs qui sait ?), ne m'avait pas plus servi d'indice que le reste. Et des journaux me paient pour de grandes enquêtes perspicaces !

gens sympathiques

Pourquoi n'y aurait-il pas les gens charmants que Xabi a croisés ? La serveuse de l'hôtel à Venise, qui a reculé dans l'escalier pour lui faire de la place, a manqué une marche et de tomber, et bafouillé, rougissant ? La cliente de la boucherie de la rue du 29-Juillet, à Paris, qui lui a donné la recette des ris de veau au gingembre ? Le garçon à qui je l'ai recommandé à Caracas (son « contact »), un professeur d'anglais qui, pour mieux gagner sa vie sous ce régime qui hait tout talent, est devenu serveur à la cafétéria de l'Université centrale du Venezuela ? Ceci n'est pas un roman, que je sache. Quand j'y pense, je suis stupéfait de la méchanceté des romans. La plupart, c'est pour raconter bassesses, assouvir vengeances. Qu'est-ce qu'ils ont, les romanciers, à haïr la vie ?

gens étranges

Et tous ceux qui marquent notre esprit, notre mémoire, simplement notre regard, un instant et pour toujours, même si nous croyons les avoir oubliés ? Tiens, la petite fille à la sortie du métro Tuileries. 11 ans peut-être. Portant un bombers de couleur bronze, elle a émergé lentement de la station, blonde, pâle, sublime. Continué à monter les marches. Est apparu un jogging sale. Le contraste entre l'élégance du haut et le négligé du bas a encore plus frappé Xabi que la beauté livide de l'enfant, révélant comme un contresens sinistre. Lente, et titubant, elle est parvenue en haut des marches, où elle a fébrilement allumé une cigarette. « Elle pompait la mort avec avidité. 11 ans ! La beauté hiératique du visage, la fonte hideuse des fesses. La vie en haut, la mort en bas. Une carte à jouer du destin ! » Cela, je le sais, puisque, juste après, je l'ai rencontré au Nemours et qu'il me l'a raconté. Mais les autres ? Les fantômes inquiétants ou gracieux qui nous accompagnent toutes nos vies et dont nous taisons l'existence ?

les hublots, la vie

Dans le hublot ovale, un tableau abstrait. Du bleu avec, ici et là, des virgules blanches. Cela paraîtrait immuable, et l'avion ne pas avancer, si, après chaque battement des paupières, l'image suivante ne révélait des migrations de virgules. Telles, nos vies. J'ignore si c'est pour mettre du mouvement dans la sienne que Xabi est parti. Il doit pourtant savoir qu'on ne fait que changer de fixité. On part pour voir les autres, et c'est toujours soi qu'on retrouve. Et s'il était parti pour s'arracher à la distraction que constituent les proches, les siens, enfin tous ces êtres dont les noms disent « prison » ?

deux ennemis

« Pimbêche à bord ! Pimbêche à bord ! »

On devrait avertir les passagers avant qu'ils n'embarquent. Ils auraient le droit de ne pas entrer s'ils apprenaient qu'ils devront passer neuf heures d'affilée en compagnie d'une de ces aimables de l'un ou l'autre sexe. Celle-ci, de genre masculin, bouche pincée et regard dédaigneux, avait soin de mettre trois secondes à prendre en compte l'existence des passagers passant la porte, puis, d'un air suprêmement ennuyé, les toisait, avant de leur signifier leur rangée, à côté d'une hôtesse qui faisait aimablement la même chose et plus vite. Et maintenant, la même hôtesse leur demande en souriant ce qu'ils veulent boire, tandis qu'il leur sert avec le dernier dégoût, dans la tasse en plastique dont la demi-anse scie l'index, de la bouillasse brûlante que les compagnies aériennes appellent café. À ce type ressortit « l'impitoyable Karine de Montfort ». Elle serait vexée d'entendre ça. Non qu'on la prenne pour une sotte à prétentions, mais de ne pas être considérée comme unique.

Xabi a deux sortes d'ennemis. Lecouvrier, un confrère professeur qui le jalouse, mais pas pour son talent, il le lui pardonnait très bien quand Xabi vendait mille exemplaires de ses livres. Lecouvrier publie des traités de philologie, la spécialité de Xabi, la célèbre spécialité de Xabi, sans Xabi. Il prend grand soin de lui voler des idées sans le citer, et de mentionner, dans sa copieuse bibliographie, tout le monde sauf lui. Quant à « l'impitoyable Karine de Montfort », elle a Xabi en horreur pour on ne sait quelle raison, en tout cas pas littéraire, car, quand elle en parle, elle ne se réfère qu'à sa surface médiatique, ses maisons d'édition ou son physique. C'est d'une vulgarité étonnante. Non qu'elle emploie des gros mots. Tout au contraire, c'est une affectée. La vulgarité réside dans la pensée. Elle ressurgit dans la forme de ses phrases, rappelant la pointe d'accent gouailleur qui, parfois, revient dans les paroles de ces bourgeoises qui, par le truchement d'un habile mariage, sont passées des comptoirs de bistrot à la Société des Amis du Louvre.

À Venise, ignorant que, assis devant elle, j'accompagnais Xabi, elle a sifflé des horreurs à son sujet durant toute sa conférence. Au dîner de gala, assise à notre table, elle a été exquise. Les épaules arrondies dans une attitude d'une humilité extrême, elle a tendu le cou vers mon ami en penchant la tête de côté, comme pour marquer qu'elle n'osait qu'avec la plus grande pudeur mais une non moins grande passion écouter ses dires. Elle tenait cette posture qui n'était pas sans rappeler celle de la girafe broutant un buisson quand le siège vide à sa gauche s'est vu occupé par V.S. Naipaul, qui n'est pas le genre d'homme se mêlant sans marquer sa distance à la plèbe de ses confrères. Le cou s'est aussitôt tourné vers le prix Nobel de littérature 2001, laissant flotter dans l'air, côté Xabi, un sourire suave. Naipaul ne l'a pas regardée. Elle a un peu plus abaissé les épaules. Il ne disait pas que des choses de gauche, et elle qui se dit de gauche l'a écouté avec un air extasié. Comme il ne la regardait toujours pas, elle s'est tassée encore plus et lui a tendu une main moite en disant son nom. Une fois qu'il a daigné abaisser son regard vers elle, selon ce que cet immigré zélé croit être la quintessence des manières anglaises, elle s'est redressée et, d'un aller-retour très rapide de la tête, a adressé un regard méprisant à Xabi avant de se recoller à V.S. Naipaul. Promiscuité qui a déplu à l'écrivain de la Trinité reniée, et il a fait une remarque atroce. L'« impitoyable Karine de Montfort » a feint de comprendre autre chose de flatteur qu'elle pourrait répéter toute sa vie.

Le lendemain (au Lido, à côté des Anglaises), comme, insistant, je lui demandais de m'expliquer la carrière de cette femme, il a commencé : « Cette personne intelligente, cultivée et avec un mari charmant… » Je pose des points de suspension parce que, à cet instant-là, il a toussé pour laisser à ses qualificatifs le temps de se dégoupiller dans mon cerveau. Le mari de « l'impitoyable Karine de Montfort » est un imbécile réputé. Alors, comprenant l'antiphrase, je n'ai pu que remonter la proposition à l'envers et déduire, pour « cultivée », « ignare », et pour « intelligente »… Xabi ne répondait jamais à ses attaques, décuplant la rage de la critique. Tout en étalant un paquet de crème solaire sur son grand nez en voile de bateau rabattue par le vent, il a souri et dit : « N'est pas mon ennemi qui veut ! »

Roméo au balcon

La première fois que j'ai vu Lucie, c'était plus ou moins à la distance où se trouve la belle hôtesse de la rangée opposée. Elle abaisse les paupières pour approuver. Sourit avec courtoisie. Répond « bien entendu, madame ». Dans les histoires d'amour, le rôle le plus cruel est celui du confident. Ne faisant rien, il écoute les récits des amants. Jouit de ne pas jouir. Pense qu'il est en paix. Se croit sage. Imagine qu'il repose son cœur. Son cœur se racornit. Sa sagesse est du renoncement. Sa tranquillité, une peur. Je dois dire que c'est un rôle que je n'ai jamais tenu avec Xabi. D'abord, nos goûts nous séparent, je n'ai rien à faire de récits de drague avec des filles, il ne comprendrait pas mon mode de vie de garçon. Enfin ça, c'est le sexe, ce mystère pour tous ; pour l'amour, qu'il s'applique à un brun ou à une blonde, à un chat persan ou à un rêve pour un acteur, une chose reste identique, l'élan.

À Venise, le premier ou le deuxième jour, en tout cas avant le Lido où nous avons scellé notre amitié par des vérifications de ressemblances et des rires, il s'est écarté d'une banquette où je venais de m'asseoir près de lui avec un bond et un pouffement. Ce cri, ce geste : le géant transformé en souris. C'est l'effet comique de l'ignorance. Je lui ai demandé si, à chaque fille qu'il voyait, il avait une érection. Il est devenu tout rouge.

Il m'a dit pas mal de choses sur ce banc, puis plus jamais rien. Les confidences sont des moments où l'on se met à découvert. On les fait souvent aux inconnus. C'est par confiance, ou par égoïsme. Comme je remarquais qu'il ne semblait jamais sortir sans un livre avec lui (ça devait donc être le deuxième jour), il a répondu, en mettant l'avant-bras en bouclier : « Un livre me protège. »

Le ton d'intimité des confidences ne permet pas d'attester leur authenticité. Un patron d'hypermarchés était invité au débat hebdomadaire organisé par mon journal et une grande radio à propos d'une affaire de steaks hachés empoisonnés que sa chaîne faisait fabriquer. Avant d'entrer sur le plateau, il m'a *confié* : « Ce que je ne pourrai pas dire, parce qu'en bonne politique médiatique il faut tout assumer, au-delà même de ce dont on est responsable, c'est que des mères ont donné du steak haché cru à des enfants. Du steak haché cru à des enfants ! Les bactéries disparaissent quand on les fait cuire. » Ça puait la calomnie à cent mètres, d'autant plus qu'il parlait avec un sourire adorable. Il m'emprisonnait dans sa confidence, désamorçant, dans mon esprit, toute velléité d'en savoir plus, si je l'avais eue.

Xabi m'a dit qu'il sortait d'une rupture difficile (nous étions deux), la fidélité n'avait jamais été son fort. « Ce n'est pas que je sois libertin. Les libertins excusent la tromperie en disant : "Ce ne sont que les corps ! Ce n'est pas grave !" Ce ne sont que les corps. Et c'est eux qui disent ça. C'est très grave, les corps. Quelque chose s'est mis entre deux êtres qui est une peau, bien matérielle, bien suave, bien vivante, bien dangereuse. » Et rien de plus. Pas une anecdote, pas un prénom de fille. Trouvant ce point de vue un peu superstitieux, je me suis rappelé cette citation qu'il a faite (deux fois) du *Portrait de Dorian Gray :* « Quand j'aime bien les gens, je ne dis leur nom à personne. Ce serait comme céder une part d'eux-mêmes. » Et là, oui, il me semble comprendre qu'on ait cette considération envers l'amour. Le tenir secret le préservera. C'est une chose précieuse et fragile, l'amour, surtout quand il dure. Au début, il est d'une solidité extraordinaire. L'enthousiasme, la chair, c'est comme s'il avait toujours été là. À l'usage, il a besoin de plus en plus d'attention et de soin. Xabi a mis des mois à m'apprendre l'existence de Lucie.

J'étais à ma fenêtre. Sur le balcon en face, le jeune costaud à cou de bœuf s'ennuyait. Il tapotait la rambarde du bout des doigts, remuait son corps lourd. Se caressait le genou (ça le calmait). Se remettait à bouillir. Est enfin arrivé, dans la rue, le rendez-vous qu'il attendait. Il s'est levé, s'est penché par-dessus la rambarde : non, c'était pour moi.

Lucie, artiste narquoise

Comme elle avait les yeux turquoise, elle portait une robe bleue. Elle ne porte que du bleu. Ceux qui la voient souvent finissent par trouver banale la merveilleuse couleur de ses yeux. Dans l'encadrement de la porte, Xabi, la dépassant de trois têtes, a désigné son cou : « Un coup de soleil m'a fait la poitrine rouge brique, on dirait un mur de Toulouse. » Ils revenaient de Perpignan.

Une petite rousse au nez fouettant, mieux tournée qu'un poivrier. Petite robe boutonnée devant. Elle pratique cette forme d'art moral à la limite de la politique si caractéristique de la fin du XXe siècle et du début du XXIe. « C'est mieux qu'un éditorial, mais c'est moins bien que Lucian Freud », ai-je un jour dit à Xabi, c'était avant de savoir qu'il sortait avec elle. Lui : « Ne jugeons pas les jeux vidéo avec les critères du clavecin. » Lucie (ce petit nom pointu lui va bien, me suis-je dit en les priant d'entrer) s'est photographiée allongée sur une autoroute avec un renard empaillé dans ses bras. Ce qui a charmé Xabi est que, au contraire de tant de ses confrères, elle n'utilise jamais d'écrit dans ses interventions.

Ce sont des mises en scène qu'elle photographie en très grand format. Dans l'une d'elles, une femme nue couverte de boue séchée se cambre violemment, comme frappée par un poing invisible, de la poussière s'envolant dans le dos. C'est elle. Dans la préface du catalogue, un historien d'art a écrit : « Le travail des artistes est d'enlever de la buée du monde ; apparaissent, derrière elle, “leurs” images, qui ne sont qu'une révélation de la réalité jusque-là cachée. » Xabi : « Ou d'en ajouter, de la buée. Les historiens d'art et autres critiques littéraires ont créé la religion que l'art révèle le monde. Il révèle l'artiste, surtout. » Lucie se faufile dans toutes ses interventions. Par exemple, la méduse dans un cylindre rempli d'eau. Elle y a fait une injection de son sang, son sang à elle, Lucie. Cette fille ne se déteste pas. Je suis sûr que, quand elle est seule, elle mange en se regardant manger dans le Photo Booth de son ordinateur. Ayant l'habitude de ne jamais demander aux couples comment ils se sont connus, on ne sait jamais dans quel embarras on peut les, se mettre, j'ai pris soin de ne pas le faire, et je leur ai servi un thé à la mûre.

Ce qui l'a charmée, a-t-elle dit, c'est que, dans ses SMS, Xabi prenait soin de ne pas mélanger les considérations amoureuses et les notations triviales. Répondant à un smiley qu'elle lui avait envoyé, il lui a écrit des mots exquis, puis, dans un SMS séparé, envoyé les détails d'une chose pratique qu'ils devaient faire ensemble. Ainsi la personne aimée sait comment elle l'est, avec le délice d'en jouir, puis, puis seulement, qu'on a acheté de la salade et qu'on va prendre un bain.

un jeune homme narcissique et macho

« Tu veux savoir combien je le trouve civilisé ? » Lucie m'a (tout de suite) raconté l'aventure qu'elle avait eue avant Xabi (il était dans ma cuisine à essayer de fabriquer des scones, car il se pique de savoir fabriquer les scones). C'était au bord de la piscine du Sporting, à Beyrouth. Le nez busqué, les cheveux noirs archicourts, des lèvres couleur et brillant de grenade, des yeux verts, et des cils, des cils ! À 20 ans, avec sa barbe et son air buté, il avait l'air d'en avoir 25 ou 28. Il nageait lentement, virilement, lascivement. Quand il a fini sa ligne, juste aux pieds de Lucie, au bord du bassin, il a sorti la tête de l'eau sans s'essuyer les yeux et déposé avec précaution, comme des objets infiniment précieux, l'un après l'autre, ses avant-bras sur le rebord en carrelage. Les gouttes d'eau coulaient de ses clous de mèches noires. Une demi-heure plus tard il disait à Lucie, en ajustant son sac à l'épaule : « Je t'appelle dans une heure », il était 19 h. À 20 h 30, Lucie lui envoyait un SMS : « J'étais si sûre que tu n'appellerais pas ! Vous autres jeunes Arabes êtes si prévisibles ! » Il a répondu à 1 h 15 du matin : « Quoi de neuf ? » Et elle de se soumettre à cette insolence en répondant sèchement (ce qu'elle croit être sec, mais le simple fait de répondre la soumettait) : « Où es-tu ? » « Dans une fête quelque part vers Hamra. » Se gardant d'ajouter : « Et toi ? » Lucie a pourtant répondu à cette question non posée : « Je suis chez moi. Tu prévois quelque chose ? » Ô humiliation. Et, bien sûr, pas de réponse. Le « bien sûr », elle l'a ajouté après, avec moi, dans le temps du récit, dans le temps de l'action elle était aveuglée par l'image du corps splendide de ce Tarek. Elle a insisté : « Alors ? » Pas de réponse. Insisté encore, se croyant hautaine (elle ne l'est pas, levant le nez de façon plutôt ironique du bas de sa petite taille) : « Je ne vois pas l'utilité de contacter quelqu'un si c'est pour ne pas répondre ensuite. Ou tu es en train de vomir sur tes chaussures, ou tu es en train de tester tes charmes. Dans les deux cas, nul. » « Aveuglée » n'est donc pas le terme exact. Elle avait toute son intelligence mais ne savait pas lui donner de suite. Quant à lui, aimant être provoqué par des vérités, il a répondu : « Je suis toujours à ma fête et je rentrerai plus tard. Que fais-tu demain ? »

Ces machos qui ne rappellent pas sont en effet bien agaçants, ils jouent au pouvoir, me disais-je en écoutant Lucie qui m'aimait encore bien, elle avait besoin d'informations sur son nouvel amant.

Durant la nuit, l'irritation lui a fait avoir des rêves nerveux, et dès son réveil elle a envoyé un SMS au jeune Arabe : « Tu joues avec les gens. Tu sais que tu es intelligent et beau, et tu l'utilises pour t'admirer de leur asservissement. Et tu ne *fais* rien. » Un narcisse ! Je l'ai vu tout de suite, de loin ; puisque c'était de loin. De près, dans l'orbite du charme, toute définition avait été impossible à Lucie. « Non, m'a dit Xabi quand je lui ai raconté ce qu'elle m'avait raconté ; ce garçon n'est sans doute pas seulement un narcisse. Un mot est une perte. Il définit, donc ôte. Oui, un mot enlève, tant mieux : des nuances mortelles. Car Narcisse, il l'est finalement plus qu'autre chose, et c'est cela qui restait le danger pour Lucie. » (Elle a levé les sourcils pour dire : il exagère, quand je lui ai raconté ce que Xabi m'avait raconté.) Tarek a répondu, une heure plus tard, puisque Narcisse et macho il était : « Non, je ne joue pas avec les gens. J'aimerais te voir, et je suis sûr que nous serons toujours amis. » Le menteur dit toujours « toujours » à la première minute. Lucie s'en était rendu compte, et elle m'a redit à voix haute les deux mots qui avaient conclu cette histoire dans son esprit, c'est elle qui, cette fois-ci, n'avait pas répondu : « Adieu, Tarek ! »

roman d'amour par SMS

À la sortie du film bavard que Lucie nous avait emmenés voir, Xabi a dit : « Et voilà les méfaits de la littérature sur le cinéma. La voix off au passé simple. Les phrases comme "une angoisse m'étreignit". Que c'est vieillot, tout ça, et combien le marivaudage de ces films français qui se croient malins m'écœure ! Et ce genre *Liaisons dangereuses*, le petit cynisme des "séducteurs" ! » C'est le soir où ils ont couché ensemble. La remarque de Xabi m'avait pourtant donné espoir. Si quelqu'un se croit malin, c'est Lucie. Elle l'est, d'ailleurs, tout son art le montre. Elle n'est même que cela. S'est-elle emparée de Xabi pour lui montrer que les malins gagnent toujours ?

Le lendemain, elle lui a envoyé par MMS une photo d'elle devant une colonne du Nemours, tête en arrière, chevelure « je m'ébroue ». Il a répondu sur-le-champ, je crois que l'immédiateté n'est pas pour rien dans le charme de ses messages : « Quel cou ! Je connais un cygne envieux. »

À la même époque, elle se trouve dans un FRAC, à Lille ou à Rouen, à préparer une intervention : « Tu es dans un bel endroit, mais avec moi tu me paraîtrais plus belle », écrit-il. Elle : « Présomptueux ! » Lui : « Ô combien, mon ange, ô combien ! De t'avoir ! Nous formons cette chose miraculeuse, un beau couple. Beau, complice, moqueur, enchanté. L'aigle à deux têtes. » Lucie : « Pouët. »

Leur roman d'amour par SMS, qu'elle m'a montré sur son téléphone, est une bande dessinée verticale, dans des bulles alternativement blanches et vertes. Textes de Xabi scandés par des photos d'elle, puis, de plus en plus souvent, de ☺ qu'elle s'est contentée d'envoyer en retour.

PHRASES QU'IL A ÉCRITES À LUCIE
DANS DES SMS D'AMOUR

Hier, il faisait beau, et je pensais à toi. Aujourd'hui, il pleut, et je pense à toi. J'ai dîné avec mon père que je déteste de passage à Paris, et je pensais à toi. « Que je m'ennuie ! me disais-je, comme je voudrais être seul pour penser à elle ! » Quand je pense, je pense à toi. Quand je ne pense pas à toi, je crois que je pense quand même à toi. Bref, je pense à toi.

Laisse-moi te dire « je t'aime » de temps en temps. Je crois que ça ne changera rien pour toi, c'est juste comme la couleur de mes cheveux ou le fait que je mesure 1,90 m.

Tu me fais oublier le monde.

Paris est gris, c'est sa couleur, gris pigeon, accentuée par le ciel couvert de ce matin, et, allais-je dire, ton absence ; mais un arbre aux feuilles rousses se montre à moi, et aussitôt surgit ton visage : tu n'es pas absente.

Ce soir j'ai un cocktail pour le roman de la femme de mon éditeur, qui est donc un chef-d'œuvre. Et puis j'espère dormir, perchance not to dream. N'ayant pas eu de tes nouvelles pendant deux jours, j'ai eu peur de ne plus jamais te revoir, et j'ai pensé : cela ne sera plus aussi intéressant de vivre.

Je viens de répondre à une interview, mais mon entretien préféré, c'est celui que, par le dessous des océans, dans des tubes adorables, des fils métalliques viennent de transporter entre nous.

Quand j'ai raccroché, j'ai envie de te rappeler.

marguerites et fine moustache

Quand on écrit quelque chose sur lui dans les journaux, on écrit généralement : « L'homme qui aime les mots. » Paresse des journalistes ? Peut-être, mais également leur science du public, puisque celui-ci veut toujours rêver sur les mêmes choses. Ce n'est pas la vie qu'il demande à voir, mais un manège de merveilles et de turpitudes, sur des rengaines faciles. Xabi peut répondre, le plus fermement du monde : « Je n'aime pas les mots, je les observe, je les retourne, je les renifle ; le biologiste aime-t-il les grenouilles ? », le résultat sera, dans un titre, un « chapeau » ou une conclusion : « L'homme qui aime les mots. »

On trouve dans quantité d'ouvrages quantité de portraits de Molière, et aucun ne ressemble à l'autre. Dans mon enfance et les classiques Hachette, je trouvais que la seule chose de ressemblante, chez lui, c'était sa moustache. Si on veut accrocher l'esprit du public, il faut une singularité qu'on garde toute notre vie. C'est ce qu'avait compris Salvador Dalí avec sa propre moustache.

Gala, sa femme, couchait avec les adolescents de Cadaqués. Un septuagénaire que j'ai rencontré lors d'une enquête sur le nationalisme catalan m'a raconté que, quand elle sortait de chez elle, elle faisait arrêter la voiture par le chauffeur et proposait aux gamins qui marchaient sur le bord de la route de les conduire ; dans la voiture, elle les branlait. Le lendemain, les jeunes se postaient sur le bord de la route pour être rebranlés. Ayant atteint l'âge adulte, mon Catalan rend visite à Dalí, se recommandant de sa défunte mère, que le peintre avait connue ; Dalí descend l'escalier dans un peignoir à ramages, cambré, pompeux, une marguerite derrière chaque oreille. « Qui êtes-vous ?... Ah, j'avais mal compris ! Je croyais que c'était un collectionneur ! » Et il enlève les marguerites. « Voilà un homme qui connaissait la valeur marchande de la légende, dit Xabi à qui je l'ai rapporté. Peut-être que je devrais cesser de démentir "l'homme qui aimait les mots" ? »

Avant de connaître ses maris, Gala Dalí était tatare et institutrice. De là son caractère aimable. À demi norvégienne et diplômée des Beaux-Arts, Lucie est sympathique et acide. L'une et l'autre ont ceci de commun que la combinaison avec leur homme a été médiatiquement triomphale. En très peu de temps, Xabi et Lucie sont devenus

« l'homme qui aime les mots et la femme qui aime les images », « le nouveau couple de Paris », « les … ». C'est Lucie qui a appelé les magazines, à l'insu de Xabi. Plus exactement, elle a harcelé une amie journaliste qui, la première, a publié un article, sous une photo où ils sont beaux. « Scott et Zelda ? Arthur et Marilyn ? Non : Xabi et Lucie. Retenez le nom de ce couple magique. Le plus célèbre intellectuel français et l'artiste interventionniste de renommée mondiale. L'homme qui aime les mots et la femme qui aime les images ont pris Paris par surprise, ils vont conquérir le monde. » Pourvue de ses marguerites, Lucie a collé une moustache à Xabi, pour sa célébrité et son péril.

expressions

Si le commandant de bord demeure dans un silence de dieu, la chef de cabine parle aussi souvent qu'un prêtre. Selon le droit canon d'Air France, elle fait partie d'une piétaille, le « PNC », personnel navigant commercial, par opposition au « PNT », personnel navigant technique, clergé secret de l'avion, les deux étant dirigés par le pilote, le commandant, Zeus. La chef de cabine prononce à intervalles réguliers des paroles que les passagers reconnaissent et n'ont plus besoin d'écouter. C'est comme les répons de la messe. Vous êtes priés d'attacher vos ceintures… c'est pourquoi, devant les anges et tous les saints… en cas de dépressurisation… notre pape Benoît, notre évêque André… le commandant de bord et son équipage… c'est à lui qu'appartiennent le règne, la puissance et la gloire. Et l'avion, quoique l'on soit des clients, donne une expérience de la servitude. On doit respecter les rites, mieux, obéir. Plus d'une fois on a vu un appareil dérouté pour livrer un passager récalcitrant à la police. Xabi a des expressions à lui, inventées par lui et qui font dire à ses amis : « Ah, ça, c'est Xabi ! » Un de ses amis a été gardé par lui plus longtemps que d'habitude parce que, à chaque mot d'esprit que Xabi faisait, cet homme lui demandait : « Qui a dit ça ? » Xabi : « Les gens ne croient jamais que nous puissions avoir du génie. Il m'a bien aidé pour refroidir ma vanité. »

l'innommable, dénommer
(restaurant suite)

Dans un des indices qu'il a laissés… À moins que je ne les aie pris pour des indices parce qu'il a décidé de partir, paraissant transformer de simples paroles en prophéties ? Le destin est-il rétrospectif ? Une chose que les hommes inventent pour se rassurer et se prouver que leur vie a un sens ? Feraient-ils plusieurs paris en pensant qu'au moins l'un d'eux sera gagné ? Dans le fragment dit de « l'organisation de la honte par la société », Xabi parle de saint Paul. Dans l'épître aux Éphésiens, ce bienveillant ordonne : « Et ne prenez aucune part aux œuvres stériles des ténèbres, mais condamnez-les plutôt. Car ce qu'ils font en secret, on a honte même de le dire. » Xabi : « La première répression consiste dans l'interdiction de nommer. Et si ce qu'on est n'est pas nommable, on est innommable, dans le double sens du terme, interdit de nom et répugnant. »

Au restaurant, j'ai tenté de répéter à son ami vénézuélien une phrase de je ne savais plus quel autre auteur cité par Xabi. Il était question de l'âme des tyrans comparée à un vase fêlé. D'elle s'écoulent leur vantardise, leur vulgarité, leur… Xabi : « Tu sais ce qu'un de mes confrères des années 1920 a écrit à propos des tyrannies en train de grignoter l'Europe ? “La tâche qui incombe aux intellectuels est de nommer les choses nouvelles. Faisons la toilette de l'esprit, pelons-le des mots morts, des façons de penser périmées, et préparons la peau aux représentations exactes d'un monde entièrement nouveau.” Eh bien, le dictateur à cause de qui notre ami s'est exilé est un nouveau type de tyran. » L'ami vénézuélien : « Oh, nouveau ! Chávez a raté un coup d'État, comme Hitler. Il s'est fait élire, comme Hitler. Une fois élu, comme Hitler, il bafoue la loi en permanence, comme Hitler, il intimide la population au moyen de milices, comme Hitler… » Il n'est pas modéré, mais il est exilé. La honte d'avoir fui, l'avidité d'en trouver des justifications d'autant plus spectaculaires qu'on est loin ; et les exilés, que l'on croit au début, agacent, puis paraissent vaguement suspects. D'autant plus qu'ils sont très minoritaires. Leur pays d'accueil se trouve déjà bien aimable de les cantonner à un pittoresque. Exilé est l'état social le plus douloureux. Au départ l'exilé connaît mieux que personne la situation de son pays, ensuite il ne sait plus que des ragots à intentions. L'exil, c'est la vérité falsifiée par le fantasme. Xabi lui a répondu : « Trop classique. Vieux style d'uniformes militaires, de torses bombés et de harangues à la tribune. Tu te moques toi-même des chemises rouges déboutonnées et de la tenue vautrée de Chávez, des trois heures d'émission hebdomadaires qu'il s'est attribuées à la télévision publique, *Alo Presidente*, c'est ça ? Il répond en direct aux questions des téléspectateurs, chante, rit, tutoie, menace, donne des avis sur tout. Un mélange de Mussolini et de Michel Drucker. Ça, c'est nouveau. Ça, c'est intéressant. » L'ami vénézuélien : « Ce n'est pas avec l'esthétique qu'on juge la politique. » Xabi... C'est une de ses étonnantes qualités... Pour un Français, je veux dire... Le peuple qui veut toujours avoir raison... Qui... ah ! Xabi : « Tu as raison. »

Comme je revenais des toilettes, il disait :

— Après dix ans de pouvoir, Chávez est réduit à son nom. Quoi qu'il fasse, il attire une réaction automatique. Les pour sont violemment pour, les contre, violemment contre. Les contre semblent d'ailleurs presque plus contre les pour que contre lui, et les pour ont moins l'air contre les contre que pour lui. Son nom est devenu un aimant mondial. Cela tient à sa politique de confrontation perpétuelle, pas si différente de celle naguère pratiquée par l'intelligent président Bush.

— Enfin ! Bush ne... ! Bush n'a... ! a protesté l'ami vénézuélien.

Aux mots habituels sur le physique de Chávez, « épais », « trapu », etc., il a ajouté des qualificatifs ; des narines larges *et avides*, des lèvres épaisses *de jouisseur* ; la calomnie n'est jamais loin de la psychologie quand on utilise celle-ci pour justifier une opinion, même fondée. Avec le même physique, Chávez pourrait aussi bien être un médecin sacrifiant sa vie pour sauver des enfants dans une léproserie, et on pourrait dire que Nelson Mandela a une tête de prêcheur pédophile. L'ami vénézuélien me reprenant sur mon expression de « masque indien » où le mot « indien » serait inexact, car c'est un mot imposé par les Espagnols découvrant l'Amérique qui s'étaient faussement crus en Inde, « c'est aborigène qu'il faut dire », je réponds : « Tiens ? Je croyais que tu détestais le *politiquement correct* ? » Xabi : « Allons, allons. » Il protège le Vénézuélien ! Comme si je n'étais pas un ami plus important pour lui, *puisque je suis plus récent* ! Comme s'il voulait nous mettre en concurrence afin d'assurer sa royauté ! Ou comme s'il ne voulait pas trop me faire sentir qu'il me préfère ?… Aussitôt, et semble-t-il pour distraire nos susceptibilités, il se lance dans un numéro de cirque philologique. Éblouissant, je dois dire :

— Il n'est pas inutile de redire le nom de ce qui n'est plus. Par exemple, celui des tyrans passés, et en particulier ceux qui ont eu une politique étrangère pacifique, les plus habiles. Assommant leur pays sans attirer l'indignation internationale par l'agression d'un voisin, ils ont tranquillement vécu et passent leur mort dans un délicieux paradis d'oubli. Enver Hodja, vieux salaud, je redis ton nom pour t'empêcher de dormir !

Il tapote l'écran de son téléphone :

— Et voici ta bonne tête, pour que tous mes amis (ça c'était gentil) soient frappés par la séparation absolue et nécessaire entre le physique *fixe* du portrait et le moral, *mouvant* :

Continuant à feuilleter l'écran (avec moins de grâce qu'une femme), il commente :

— Ah ! non, lui c'est Rufus T. Firefly, le dictateur de Freedonia, celui qui disait : “Messieurs, Chicolini que voici peut parler comme un idiot et avoir l'air d'un idiot, mais ne vous laissez pas abuser : c'est un idiot.” Les vrais gens de pouvoir sont plus prudents que les tyrans de comédie. Te voici, Enver Hodja, qui n'as jamais distrait le peuple albanais par un mot d'esprit :

Et il s'est resservi de vin en inclinant la tête pendant que nous l'applaudissions. Donner son nom à Chávez. Préciser à quel type de tyrannie il appartient.

> Nommer c'est définir, définir c'est donner du fini, donner du fini c'est être fin par opposition à être nuancé, car les nuances sont des brumes infinies où nous perdent les rusés. Nommer c'est chasser le vague qui assure le pouvoir.
>
> « Sur les tragédies historiques de Shakespeare », dans *Noms à vendre*.

Ces gens-là n'aiment précisément pas qu'on leur donne leur nom, ni qu'on définisse leurs actes. Ils savent que leur nom propre devient alors un synonyme de « salaud ». Xabi boit son verre de vin d'un coup. Part-on pour de seules raisons logiques ? Part-on même pour des raisons ?

réflexion du narrateur dans le brouhaha du restaurant

Xabi s'est entiché de Chávez. Ou plutôt de l'idée d'écrire un portrait de lui. Ou plutôt de l'étonnement que produirait un tel livre. Il est difficile de continuer à n'écrire pour personne, quand on a eu du succès. On se fait parfois prisonnier de ce qu'on pense que les lecteurs vous demandent. Il en croisait souvent qui, bien des années après, lui parlaient de *Noms à vendre*. Chávez par un non-spécialiste révélerait des choses que les spécialistes ne voient pas. Enfin, il y a des intellectuels nuls, et des journalistes à la Kapuściński. Celui-ci vient d'avoir sa biographie, en Pologne. Elle lui reproche d'avoir inventé ses reportages. La belle découverte ! Il suffit de le lire pour se rendre compte qu'il met les événements en scène, il ne le cache d'ailleurs pas. Dans *Le Shah*, par exemple (ce portrait d'un dictateur), il commente la tyrannie à partir de photos qu'il décrit les unes après les autres. Cet artifice est un moyen de trier. Il procède d'une analyse de la situation politique, mais aussi de la sensibilité de l'auteur. C'est là qu'on peut le dire écrivain, comme tout philologue, penseur, philosophe, intellectuel qui emploie un « je » émotif, pas seulement descriptif. Du Pr Xabi Puig (il y a bien longtemps qu'il n'enseigne plus), un magazine a écrit qu'il était « l'introducteur de l'émotion dans une science aride » ; son confrère Delouvrier a jugé qu'il faisait « de la littérature ». Ce n'était pas pour le complimenter. Une critique distraite l'a pris en bonne part. Et voilà comment nos ennemis nous servent, a dit Xabi ; « et voilà comment je vais désosser ce Chávez adoré des faux gentils et hélas de certains vrais ; la méchanceté de sa personne privée sera montrée tout autant que la brutalité de sa personne publique ! ». Biographies, biographies ! *Biographie de tout le monde*, tiens, ça pourrait être la définition du XXIe siècle. Nous ne vivons plus, nous écrivons des biographies. Surtout en Occident, où nous nous sommes tellement entre-tués. Nous observons les autres le faire.

remarque de Xabi
pendant que son ami est sorti fumer

L'ami vénézuélien est sorti fumer. Les yeux baissés vers la table et parlant lentement comme s'il ramenait du fond de lui une réflexion en cours, Xabi m'a dit : « Comment ne pas s'intéresser aux dictateurs ? Depuis qu'il y a des hommes, ils dérangent la tranquillité du monde. Ils pérorent à tout propos. On dirait qu'ils veulent faire le plus de bruit possible pour qu'on les écoute alors qu'ils n'ont rien d'intéressant à dire. Des enfants armés. Les médias, qui ont besoin de divertissement, reproduisent leurs agitations avec complaisance. »

Dans *Théories de théories*, il avait écrit : « Savez-vous pourquoi les chaînes de télévision ne diffusent plus de spectacles de cirque ? Parce qu'il y a les émissions de débat. » Un jour que je faisais une sortie contre le président de la République iranienne, Ahmadinejad : « J'adore les dictatures. Elles me donnent bonne conscience. » Et c'est cet ironiste qui a décidé d'écrire sur Chávez. Eh ! il m'a aussi dit : « J'ai horreur de l'injustice. — Qui l'aime ? » ai-je répondu. Lui : « Mais beaucoup. Ceux qui la pratiquent, pour commencer, et parfois aussi ceux qui la subissent, dans le rêve malsain de la faire subir à plus maltraités qu'eux. L'injustice est très populaire. » Quand, au Nemours, quelques semaines plus tard, il m'a annoncé son départ (« pour six mois au moins »), j'ai demandé : « Que vas-tu faire dans les parages d'un goujat pareil, toi qui ne t'occupes que de choses raffinées ? — Mais non, je ne m'occupe pas que de choses raffinées. C'est très rudimentaire, les mots. Et très solide. Et adoré. Mon métier de philologue consiste à jouer aux quilles avec des statues de l'île de Pâques. Chávez est une idole comme n'importe quel autre nom. » Et le voilà parti avec sa curieuse idée de désillusionner les naïfs. *Ils ne veulent pas l'être.* Ces patients de médecine bio, ces acheteurs de chaussures équitables, qui rêvent d'une société meilleure, abusés par la propagande des cabots lointains, trente ans après, le catogan flapi, le T-shirt taché, chantent, ravis, leurs désillusions à la guitare. On dirait qu'il n'a plus voulu s'adresser aux personnes les plus intelligentes, qu'il a cherché un public. En se rasseyant, l'ami vénézuélien a dit qu'il venait de voir l'ancien président Chirac entrer à L'Ami Louis.

vidéo de Lucie

Réveillé par surprise dans sa chambre, il s'assied d'un coup dans le lit, raide, les bras tendus le long du torse nu qui émerge d'un bouillon de draps. Il décolle la langue du palais (ô matins des buveurs !). Se frotte l'œil du dos de la main, étire les bras en l'air, tournant la tête d'un côté comme l'aigle de la Prusse. Il bâille, bâille, bâille. « Tu me fais un café ? »

La veille, dans l'amour, comme les ébats mollissaient, elle me l'a dit, Lucie s'est amusée à rugir, lui a mordu le lobe de l'oreille, a goulûment léché son cou, rugi de nouveau. Il a trouvé ça charmant. « Animaux quand ça nous chante ! »

Dans *Noms à vendre :*

Les acacias du Japon qui symbolisent tellement bien ce pays ont été rapportés de Chine. C'étaient des moines bouddhistes qui, nationalistes, se sont empressés de les appeler *japonica*. Les pins de

Rome, que l'on y croit depuis l'Antiquité et sont sa marque dans le ciel comme la *skyline* de Manhattan, ont été importés au XIXe siècle. C'est à la même époque que les eucalyptus qu'on croit de Californie depuis la préhistoire y ont été plantés. Des intransigeants veulent les arracher comme non natifs, d'autres s'opposent à ce qu'on modifie rien de la nature ; guerres de puritains. Ils devraient se les faire entre eux. Je parle des langues, n'est-ce pas.

La chambre est dans le même désordre qu'une classe Éco après quelques heures de vol. Couverture ayant glissé du lit, magazines par terre, bord de gobelet caressant un bord de basket avachie, la seule chose rangée dans l'appartement où Lucie le suit avec sa caméra vidéo étant le bouquet de fleurs sur la table du séjour.

son rapport avec le lyrisme
étudié par les fleurs

Il aime les fleurs comme il aime les théories. Pour lui, une théorie est un bouquet, très exactement un bouquet. Il coupe les idées, les rapproche, les déplace, les arrange. Buvant son café dans un bol près du bouquet du séjour, il dit à la caméra d'une voix encore imprécise de sommeil : « J'aime les fleurs coupées parce qu'elles forcent la nature à renoncer à sa force par l'artificialité. Le mot "naturel" est le nom que nous donnons à nos habitudes abusives. » Ici Lucie a inséré la voix d'Alain Souchon chantant : « Toi qui trouves que pour un garçon / J'aime trop les fleurs. »

Chapitre « Théories de fleurs » de *Théories de théories* :

> Un bouquet de roses vertes acides comme un petit matin, avec des anémones violines comme un coucher de soleil et profondes comme du velours.

Un bouquet de roses Sweet et de roses naines, les petites à peine plus foncées que les grandes, rose pâle et rose rose, le rose rose étant le rose idéal.

Deux roses Espérance joufflues comme si elles s'étaient essoufflées à enfler, l'une fraîche et serrée, l'autre expirante, au bord de la mort, pareille à une ballerine ouvrant son tutu pour saluer une dernière fois.

Dans *Tous les mots sont comme décembre* :

Les fleurs attirent notre attention au moyen des odeurs. « Regarde-moi, je suis une humble fleur jolie et sans moyens ! » Et nous les coupons.

Dans le même livre :

Les tulipes hurlent pour s'évader du vase.

Dans *Noms à vendre* :

On proteste pour les taureaux, mais les orchidées ? Elles ne fleurissent que privées d'eau. On leur donne une fausse information en les assoiffant, de là qu'elles jettent leur fleur de désespoir. Offrant leur pistil, elles assureront la survie de l'espèce. Elles ne crient pas, on ne les plaint pas. Quand une injustice vous est faite, hurlez. Le noble silence arrange les méchants.

Dans *Aposiopèse* :

Les roses ne sont pas des fleurs.

C'est là qu'est le passage sur la symbolique des roses. Il y raconte que, « selon Bion », et débrouillez-vous pour chercher qui est Bion si ça vous intéresse (il a des lecteurs malgré cela – ceux qui n'aiment pas être pris pour des écoliers), « les roses sont nées de la chute sur le sol du sperme de Dionysos ». S'ensuit une théorie selon laquelle, quand on offre des roses, on offre son sexe mythifié. Bon. À part ça, quand on pense qu'*Aposiopèse* est son premier livre et à ce qu'il est, très concentré, parfois obscur, semblant contenir sans qu'il le sache tout ce qu'il développera par la suite, sa « matrice », son *Ur-text*, son bouton de tant de roses, on se dit (je me dis) que Xabi a trouvé avant de chercher. C'est peut-être parce que, consciemment ou pas (pourquoi cette réserve ? voudrais-je me rassurer en suggérant que cela était fortuit, et que donc cela aurait pu m'arriver aussi ?), il a su quelle était sa direction. À un Nemours : « La chose la plus difficile est de savoir quel est son défaut, afin de pouvoir l'outrer. Un défaut outré peut devenir une qualité, mieux, être ce qui nous rendra différent des autres, et donc utile aux autres. » La première phrase d'*Aposiopèse* est devenue célèbre. D'insolente qu'elle semblait au départ, c'est bien normal, les lecteurs ne pouvaient pas deviner et les critiques font rarement le pari du génie, on a ensuite compris qu'elle était la première fusée du feu d'artifice. Et cette première phrase de toute une œuvre, insolente, un peu jeune homme, il la déteste maintenant, c'est, bien sûr :

> Ayant conclu, commençons.

À propos de différence entre personne publique et personne privée, je trouve frappant le chapitre dit (dit par les auteurs d'essais sur son œuvre) de « La renoncule menaçante », dans le même livre :

> Une renoncule double semblable à un hibou rose me regarde en fronçant les sourcils. Je me demande si cet oiseau est furieux, stupide ou s'il louche. Va-t-il, dans un bruit froissé, déployer ses ailes et s'envoler en cisaillant les airs vers Athènes et le passé, ou rester ici à me gêner ? À la poubelle, renoncule, entre un filtre conique de café humide et un ruban de gras de jambon ! Voilà pour le lyrisme.

du même auteur

Il serait temps que je dresse la liste de ses livres. Je ne suis pas sûr de toutes les années. Ai-je vraiment envie qu'on puisse se connecter à Internet à bord des avions, pour que les emmerdeurs puissent nous persécuter jusque-là ?

Aposiopèse (1996)

C'est celui qui continue célèbrement : « Un célèbre romancier dont la gloire s'éteindra un jour, mais pas avant la mienne, car tant que je serai vivant je parlerai de Marcel Proust, a écrit un livre intitulé *Le Temps retrouvé*. Je me propose d'écrire un *Temps suspendu*. L'aposiopèse est cette figure de style… »

Tous les mots sont comme décembre (1999)

C'est là qu'il y a l'essai sur *Hiroshima mon amour*, et aussi la fameuse démonstration :

« Décembre est très chaud en Argentine », disait un personnage du film *Happy Together* devant

> une fenêtre montrant un ciel bleu et du soleil, dans le funèbre cadre de ma télévision posée devant une fenêtre montrant un ciel cotonneux et de la neige, dans le décembre où je le regardais. Aucun mot n'a un seul sens, ne serait-ce que parce qu'il a un locuteur et un auditeur. Nous n'entendons qu'approximativement la même chose. C'est la cause des guerres, mais aussi du commerce et de la poésie.

et :

> Le sens du nom s'efface. « Invalides », dit la voix enregistrée dans le bus de Paris où je me trouve, et qui pense aux blessés de guerre ? Cette neutralisation crée le repos nécessaire à la vie. Si on avait une pensée, et parfois une émotion, à chaque fois qu'on entend un mot, on ne ferait plus rien. Histoire du philologue qui ne se maria jamais.

Noms à vendre (2001)

Contient un développement sur les symptômes de la dictature par la modification du vocabulaire. a) Nicolae Ceauşescu venait d'une famille de paysans incultes et savait si mal parler le roumain que, incapable de prononcer le mot « expresia » (expression), disant « expresili », il a ordonné à l'Académie des belles-lettres de le supprimer du dictionnaire. b) Mussolini, petit-bourgeois qui rêvait de chic, interdit qu'on dise « scarpe », souliers, et le fait remplacer par « calzature », chaussures. « Le fascisme italien était si bête qu'il est allé jusqu'à imposer la traduction des noms propres étrangers. Benny Goodman est devenu Beniamino Buonomo, et Louis Armstrong, Luigi Fortebraccio. Au moins pouvait-on écouter du jazz. » C'est ce livre qui contient le passage si sarcastique contre l'héroïsme dont aucun critique n'a remarqué qu'il a fait l'objet d'une variation « sérieuse », comme on dit en musique, dans l'*Organon*. Là, avec le ferme dégoût que peut avoir son cher Voltaire, il fouette « le XXe siècle qui n'a été que fascisme, communisme, héroïsme, et certains de ceux qui l'ont combattu l'ont fait en suivant la même pente, voilà pourquoi il nous faut bercer le souvenir de Winston Churchill qui a gagné la guerre en pyjama de soie et en se levant à onze heures du matin ». Et on l'a accusé de scepticisme ! Il n'en a jamais eu la facilité dédaigneuse. Citons encore : « Le problème ce n'est pas la droite et la gauche, le problème c'est l'héroïsme. L'héroïsme est la cocaïne par laquelle des bourgeois qui s'ennuient, des peuples qui veulent se venger, des restes d'aristocratie qui espèrent exciter leurs vieux sens refroidis, des financiers qui ont besoin de distraire tous les autres, se livrent à des rusés qui les assommeront. » *Noms à vendre* est placé sous l'invocation de Talleyrand qui, à propos de l'emphase de la Révolution, dit dans ses Mémoires : « À présent, il faut faire la guerre aux mots ! »

Cadres (2001)

Ce livre bref (160 pages), avec en épigraphe une citation d'Erwin Panofsky extraite des *Antécédents idéologiques de la calandre Rolls-Royce*, a été acidement traité par les historiens d'art, sur le thème « de quel droit ? » et ignoré par la critique littéraire qui n'a pas vu l'intérêt d'un essai sur l'encadrement des tableaux. Il n'en existait aucun dans le monde alors qu'il y a des spécialistes de tout, de l'émaillage des pipes dans la Souabe à la Renaissance au… « Il m'arrive de penser que les spécialistes n'ont pas d'imagination. » Un livre au sujet apparemment si chichi en dit plus sur la vie que tous les livres de développement personnel.

Organon (2003)

On dirait qu'il l'a par moments écrit pour impressionner des pédants à postes. Référence à Aristote du titre, adjectifs rugissant à côté de mots théoriques, enfin un côté scolaire qui enivre les niais et rassure les cuistres. Je me trompe, ou la citation qu'il a mise en épigraphe semble renier d'avance les passages pénibles qui vont suivre ?

> CALLICLÈS : – Voyons, Socrate, tu n'as pas honte, à ton âge, de faire la chasse aux mots, et, s'il arrive qu'on en prenne un pour un autre, de chanter victoire ?
>
> Platon, *Gorgias*

Épitaphe de tout le monde (2005)

C'est ce volumineux recueil de phrases commentées ou non, un recueil de citations qui serait à la fois un poème, l'histoire du XXe siècle et une autobiographie. Tout le monde, à un moment donné, a parlé de ce livre. Eh ! un chef-d'œuvre. Pages entières dans les journaux du monde entier alors qu'il n'était pas encore traduit, il a été l'objet de questions dans des jeux télévisés, c'est allé jusqu'à des mariages. Au cours d'un dîner, elle s'exprime avec enthousiasme sur le livre. Il s'exclame. « Je l'adore ! » La conversation se bouscule, il cite ci, elle le coupe pour citer ça, « quels seraient vos passages préférés ? », ils se disputent entre :

> De toute pensée l'homme tend à faire un proverbe pour éviter d'avoir à l'examiner.

> Je n'ai jamais énoncé de principes, sinon les plus absurdes.

D'Ushuaia, en voyage de noces, ils ont envoyé une carte postale émue à Xabi, chez son éditeur.

Théories de théories (2005)

En réalité, et j'allais dire bizarrement, le dernier dans l'ordre des publications (à trois mois près) est *Épitaphe de tout le monde*. *Théories de théories* est si connu qu'il a fait oublier son successeur.

portrait de l'interventionniste nue de face

— Non, ça ne me gêne pas que la France entière ait vu Lucie nue. D'ailleurs, on ne voit que ses yeux.

Cette modeste les a retouchés en renforçant le bleu. La voici, cette photo, bondissant dans une fenêtre latérale au texte que je suis en train de taper sur mon ordinateur, choquera-t-elle ma voisine ? Yeux surchargés de bleu. Son nez retroussé. Des seins retroussés idem, dont l'arrondi lourd, en dessous, ferait s'attendre à des mamelles en montgolfière, mais non, ces deux petits seins gais, tout le corps est gai de cette femme dont le genre acidulé s'accompagne d'un petit regard de juge qui glace lorsqu'on remarque le sourire des lèvres archifines et scellées comme un coffre de banque. Une peau très pâle, avec un saupoudrage de taches de rousseur sur les épaules et le haut des bras. Une taille fine, des hanches de violon. Les cuisses minces sont légèrement disjointes, ménageant une larme noire qui semble l'ombre du triangle magique, très poilu, au bouclage serré, couleur de cuivre rose, grand et plat comme une voile de bateau. Les bras le long du corps et les petites mains qui pendent empêchent toute excitation sexuelle. Je n'ai pu télécharger les GIF qu'elle a ajoutés en guise d'encadrement le soir du vernissage. (Théorie de Xabi : les GIF sont une conséquence esthétique du 11 septembre, où nous avons vu, de manière répétitive, les avions entrer dans les tours jumelles. « L'art est un produit de l'angoisse. ») Sur de tout petits écrans, ces très brefs films de quatre ou cinq images par seconde hoquetaient autour de la photo. Elle passant les mains derrière le dos pour dégrafer son soutien-gorge, les mains reviennent devant, repartent derrière, reviennent devant. Elle se penchant pour enlever son slip, elle se relève, se penche, se relève, se penche. Elle en Sainte Vierge clignant de l'œil, nue sous le voile, l'œil se rouvre, l'œil se referme, l'œil se rouvre, l'œil se referme.

La concurrence que l'affreux amour fait à l'amitié, ces femmes qui arrivant dans la vie d'un homme en époussettent les copains, jettent les amis à la corbeille et mettent sous clef les sorties au foot, je l'attendais, elle n'est pas venue. Cela ne m'a pas plus fait me douter de quoi que ce soit que la chevalière armoriée de Mickaël Beauregard de Latouche. Chacun avait gardé son appartement, ils dormaient chez l'un ou chez l'autre au gré de leur fantaisie, et je les voyais souvent en tiers, le soir, plus souvent encore en sixième ou en neuvième, si je puis dire. Ils sortaient sans cesse, comme je n'avais jamais vu Xabi sortir, la plupart du temps avec de nombreux amis. Là non plus je n'ai rien deviné. Beauregard de Latouche, Beauregard de Latouche. Lucie a même, longtemps, poursuivi ses confidences. Heureux de voir sa fiancée et son meilleur ami du moment s'entendre, Xabi m'a dit : « Elle est facile à aimer, mais difficile à connaître. » Cela ne le gênait en rien, apparemment.

leurs appartements

1

Chose toujours mystérieuse : une porte fermée dans un appartement où l'on est invité à dîner. La seule fois où j'ai dîné chez Lucie, il y en avait une. Cette porte fermée, c'était elle.

2

Les fauteuils semblent toujours nous prévenir de quelque chose. Il y en a un chez Xabi, au fond de la grande pièce de séjour au sol encombré de magazines et de revues, un gros fauteuil tendant les bras comme un sage prêt à dire quelque chose de profond. Xabi ne s'y assied jamais. « C'est la Mort, m'a-t-il dit un jour. Si on s'y assied, on s'enfonce par les fesses et on disparaît les bras en l'air, la bouche ouverte, dans un cri muet. La Mort a toujours été faussement représentée par un squelette à cheval avec une faux à la main. La Mort, c'est ce fauteuil. Il nous appelle, l'air de nous promettre la sérénité. La Mort est un fauteuil. Ce sera le titre de mon prochain livre. »

nourriture
(rapports avec l'amitié)

Bruit de culasses de fusil qui claquent. Dans les funérariums perpendiculaires à la nef, les hôtesses descellent de longs cercueils en métal et libèrent des chariots étroits. Les uns iront dans les autres et le tout dans les allées, où on servira des plateaux-repas aux fidèles de la baleine. Une très vieille journaliste, carte de presse délivrée en 1944, corse, résistante, dure et fumeuse (« Le patron de *Combat*, un pied-noir, haïssait de Gaulle et voulait absolument prouver qu'il avait une maîtresse. J'en ai donné, des coups de téléphone à des bordels ! »), me racontait de sa voix roulant des cailloux que, dans les long-courriers d'Air France, au début des années 50, il y avait des couverts en argent, de vrais plats cuisinés, des… Ce qui est bon ne voyage pas. Je n'ai jamais mangé de bon cassoulet hors du Lauragais, de bon couscous hors du Maghreb, de bonne salade d'œufs en dehors de New York. Seul le dégueulasse est universel : le café d'avion. Xabi ne s'intéresse pas à ce qu'il mange et déteste les conversations sur la nourriture comme on peut en avoir dans son Perpignan natal.

Au Venezuela, il a dû manger arepa et cachapa en buvant jus de parchita ou de durazno. Les jus de fruits, *durazno*, pêche, *parchita*, fruits de la passion, sont la gloire nationale. On peut les voir fabriquer dans les paillotes des plages, avec ces fruits succulents, du sucre par kilos et de l'eau tiédie dans des bacs en plastique. L'arepa, ou, comme on dit là-bas, la arepa, est une galette de maïs frite, parfois farcie de fromage ou de viande, la cachapa, une crêpe de maïs en chausson.

Il n'a pas de goûts fixes. « "Mais tu aimais les petits pois quand tu étais petit !" a protesté ma mère. J'ai depuis longtemps cessé de répondre : "Je ne suis plus petit." C'est une réponse que les mères de fils célibataires ne comprennent jamais. J'aurais dû épouser Lucie. » Ses amis soupirent. « On ne te suit pas ! » Et c'est lui qui les laisse. Dans *Épitaphe de tout le monde* :

> Qui sommes-nous pour rester fidèles à d'anciennes affections ? Sommes-nous si parfaits qu'il ne faille jamais rien changer de nous-mêmes ? N'est-ce pas une injure à l'amitié que de croire qu'elle doit durer toujours, simplement parce qu'elle est là ? C'est ça, l'amitié, un vieil os en plastique ayant perdu son parfum à la viande et que nous

continuons pourtant à ronger, d'une canine distraite, l'œil en l'air ? Ne serait-elle pas plus noble si, au lieu de l'espèce de résignation qu'on en fait, on ne la laissait vivre qu'un moment, comme l'amour, comme une fleur ?

féerie de couple

Le grand public ne croit qu'aux fées. De là que nous autres journalistes transformons les faits en fées. Même à propos de gens, disons, raisonnables comme Xabi, on peut créer de la légende, suivant deux ou trois airs d'accordéon toujours identiques, la Belle et la Bête, Pygmalion, la princesse au petit pois… Cela s'enflamme au moment inexplicable où le public a envie de quelqu'un. L'humanité attrape l'adoration comme la grippe. Pour Xabi, son intelligence n'est qu'un motif qu'on s'est donné après. L'intelligence serait même un désavantage, à en juger par le nombre d'imbéciles populaires. La beauté ? Il y a dix mille hommes beaux, ils n'aimantent pas la rêverie du public. Le talent ? Etc. Xabi a du succès, quoique pas dans les proportions de Dan Brown. Il est trop nuancé. Ses lecteurs sont d'autant plus passionnés. Le cyclone des plus de 200 000 exemplaires est arrivé en même temps que Lucie. Le curieux est qu'elle était à peu près dans la même catégorie que lui, puisque ce n'est qu'après l'avoir connu qu'elle a eu cette exposition monographique au Centre Pompidou de 400 000 visiteurs. On pourrait chercher toutes les raisons de leur popularité en couple, elles seraient aussi exactes et incomplètes que les raisons du succès de Xabi seul. Des couples aussi séduisants et aussi talentueux restaient dans l'ombre. Lucie a voulu la popularité à tout prix. Si Xabi l'a laissée faire, c'est qu'il l'a voulu aussi. Au bout d'un certain temps, un couple n'est plus A et B, mais un étrange animal à deux corps qui diffère de la somme des caractéristiques de chacun. Ce que les couples ont de très fort, c'est qu'ils permettent de reporter la responsabilité sur l'autre. Xabi n'a jamais voulu en reconnaître d'autre dans leur notoriété que celle de Lucie. « Moi, je laisse faire ! » disait-il comme s'il s'agissait du choix d'un restaurant qu'on accepte pour avoir la paix. Un couple est une comédie qui s'apaise parfois dans un de ces monstres ensommeillés qu'on appelle « vieux couple », comme les parents de Xabi. Il présente son père comme le méchant et sa mère comme la gentille, mais dans un vieux couple il n'y a ni gentil, ni méchant, simplement la même pièce jouée sur des registres différents. Cela peut leur donner une agressivité inouïe. Et une force. *Ils sont deux*. Comme des tigres de cirque, ils jouent de temps à autre avec un tiers, l'un griffant, l'autre ronronnant, les deux féroces. On n'imagine pas combien de célibataires ont été attaqués par des couples dans ces dîners. Moi par exemple, par les parents de Xabi la première fois que je les ai vus. Ils se sont relayés pour me dire des méchancetés, lui d'un ton hargneux, elle d'un ton suave, et elle était pire. Et une fois que j'ai été ensanglanté et pantelant, ils se sont tournés l'un vers l'autre, se désintéressant de moi, et roucoulades, mamours, souvenirs. Les couples de même sexe me paraissent moins ridiculement comédiens. Pas les chatteries, pas les moqueries sur les beaux-parents, pas de « monsieur a dit que… » « puisque madame a décidé !… ». Une gravité, au contraire. Un détachement, peut-être. « Quand on veut une chose à tout prix, on l'obtient, a dit Xabi un jour qu'il était en couple. Pour notre malheur, parfois. » C'était à la terrasse du Nemours où on leur avait demandé un autographe à tous les deux. La France est supposée aimer, une fois par génération, un couple d'intellectuels purs (Jean-Paul Sartre-Simone de Beauvoir) ou mixte, intellectuel + comédienne (Romain Gary-Jean Seberg). Xabi, ses jambes interminablement croisées le long des tables de café, sa spécificité française d'intellectuel qui sait écrire littéraire, à la Deleuze (en médiatique, il y a le « à la Deleuze » comme, en gastronomie, le « à la périgourdine »), a apporté de l'eau fraîche à l'inextinguible soif qu'a le public de boire des vedettes, en laissant à Lucie la position de meneur dans leur couple, alors que jusque-là, même célèbre, même féministe, la femme marchait admirativement un pas derrière son Homme. Quelque chose de sérieux et d'allègre à la fois est passé sur la France. À les voir dans les magazines, le public s'est cru raffiné. « Lucie et Xabi » sont devenus une marque, comme Zadig & Voltaire. Ils sont entrés dans la mythologie pour ne plus en sortir. (C'est d'ailleurs le principe. On n'en sort pas.) La nouvelle du kidnapping de Xabi à Caracas la multiplierait par mille si on la laissait filtrer. Les parents de Xabi me délèguent sur place. Sans nouvelles de son fils, M. Puig a téléphoné à l'ambassade de France. Le conseiller culturel n'a pas rappelé. L'ambassadeur était en déplacement. Par l'intermédiaire de l'Alliance française, il a pu parler à quelqu'un du service consulaire. Xabi ne s'étant pas enregistré en arrivant et son voyage n'ayant pas été organisé par l'ambassade, celle-ci n'était donc responsable de rien. Et puis son voyage était « quelque peu provocateur ». M. Puig a reçu ce qu'il a appelé « une leçon de collaboration ». La position anti-Chávez de Xabi était « assez simpliste ». « Ne pas oublier », « j'insiste », « je rappelle », a ajouté le conseiller, que Chávez a été élu. Qu'il « donne la parole au peuple ». Qu'il est « peut-être abrupt », mais que la classe politique précédente était corrompue. Que (la vraie raison ne s'annonce jamais la première) « il est un contrepoids à l'influence américaine ». Enfin, « il ne fallait pas oublier » que, alors que l'Union européenne était très mal vue pour ses appels à la « démocratie », la France, « grâce à sa tradition de Troisième Voie », est considérée comme « une amie du Venezuela ». M. Puig : « Dans la flatteuse compagnie de l'Iran et de la Biélorussie. » Après cinq bonnes semaines, l'ambassade a fini par apprendre que Xabi a été enlevé. Un conseiller de la présidence de la République française a téléphoné. M. Puig, en bon provincial méfiant, a demandé le plus grand silence et, surtout, surtout, aucune intervention. Je n'ai rien dit à mon journal.

fragments d'un Xabi amoureux

Il y a des choses que seules les femmes savent faire. Descendre un escalier, par exemple. Du pont supérieur arrive une hôtesse, droite, la nuque dans l'alignement du dos, souriante, précise, le mollet lancé avec netteté, la pointe du soulier légèrement tombante, le tout sans donner la moindre impression de calcul. J'ai extrait des livres de Xabi ce qui m'a paru le plus intéressant sur l'amour. La « S… » dont il parle en 3 et le « H… » du 2 sont Lucie et moi, il a changé nos initiales. Le « leurs » du 10 est évidemment un « mes », et le plus loin qu'il soit allé dans l'aveu. 13 est un pansement ; je l'ai souvent vu à cette époque, quelques semaines avant son départ, il était très malheureux.

1. La preuve du début de l'amour est dans l'angoisse. Canne, tire le fil ! Canne, tire le fil ! Je n'en peux plus d'avoir ce hameçon au cœur !

2. Je me rappelle la publication des *Fragments d'un discours amoureux*, les dithyrambes, le succès,

la télévision, les femmes complexées s'admirant de ce qu'un sentiment qu'elles croyaient aussi mièvre fût approuvé par un professeur aussi raffiné que Barthes. C'est un livre intelligent, sinueux et souvent banal ; on dirait une danseuse du ventre qui, soulevant le voile, révélerait un vieux monsieur aveugle aux longs doigts fins. La sensibilité chétive de Barthes cherche à s'exalter par les catégorisations *des autres* (« *atopos*, comme dit Socrate »). En parlant de la personne qu'il aime, il dit « l'autre », et c'est peut-être faux : car l'autre n'est pas un « autre », mais un homme ou une femme, un grand ou un petit, un blond ou un brun, une *personne*. L'amour ne s'exerce pas sur un « type ». À la fin de toutes ces observations intéressantes mais fines, fines, trop fines, on finit par souhaiter les rugissements d'un pédé passionné. (En parler à H...)

3. Les défauts de nos amours nous paraissent touchants. Les fautes de goût que S... peut faire par pédantisme narcissique me semblent, sans doute à tort, la preuve d'une personnalité irréductible. Et voilà pourquoi des femmes imbéciles supportent de grands artistes.

4. L'érection est chez moi le signe de l'amour le plus sentimental.

5. Peut-être ceci est-il vrai : l'amitié n'existe pas. Il n'y a que diverses formes d'amour. Amitié est le nom que la bienséance donne à un amour

inavouable, ou la convenance à la répétition de dîners en ville. Mes amitiés n'ont-elles pas été des élans d'amour vers des êtres que je savais que je ne pourrais pas aimer physiquement, homosexuels, lesbiennes (à penchant pour les hommes, néanmoins) ? Laisser mûrir. Si je finissais par le penser exact, voilà un point de vue qui serait opposé à ce que je dis dans un livre qui n'a pas encore paru et pour les vues sur l'amitié duquel on me félicitera peut-être. J'aime bien la lourde articulation latine de cette dernière phrase. Dans ma « théorie sur les choses dont on ne pense pas au premier abord qu'elles sont proches », je pourrais ajouter : la concision et la lourdeur. Mais non, c'est la densité.

6. J'ai laissé l'amour entrer chez moi et il a tout fracassé. Il a renversé mes amis du moment, déchiqueté mon cœur, boxé mes habitudes, et je suis là, hébété, incapable de le renvoyer. Non qu'il ait un domicile, ce vampire, ce parasite, ce coucou chantant bien tant que nous le nourrissons, et après, beuglements de bœuf vexé !

7. L'amour est ce petit être que l'un crée en tiers tout en rêvant d'un second. Substitut, il devient principal si l'objet espéré ne se donne pas.

8. L'amour est un usurpateur mis en place par nous-mêmes dans l'espoir d'une royauté impossible. Il finit donc par se faire aimer à défaut de l'autre personne, et voilà comment on se met à

aimer l'amour. Aimer l'amour est le pire des dépits.

9. Ne dites pas « tomber amoureux ». Il arrive qu'on s'en relève, n'est-ce pas. Et même, qu'il nous élève.

10. Les mâles ne parlent jamais de leurs chagrins d'amour. Serait-ce qu'ils en ont honte ? peur ?

11. L'amour est un petit égocentrique qui se nourrit d'inquiétudes ineptes.

12. Ah, les déductions catastrophiques que se font les amoureux pessimistes !

13. Personne ne vaut qu'on soit malheureux. Le malheur d'amour est une forme de narcissisme. On en remplit sa vie quand on n'a rien d'autre.

14. L'amour de la liberté est le dernier chez les hommes.

jouir

Xabi est l'homme qui a écrit, dans son dernier livre :

> Nous traversons une période douloureuse, froide, amère, comme au XIVe siècle. La littérature s'en ressent. Elle ne décrit que des médiocres, des laids, des méchants jouisseurs – et qu'elle nous les montre jouisseurs prouve le puritanisme du moment.
>
> « Épitaphe du bonheur que nous n'avons pas vu passer », dans *Épitaphe de tout le monde*

Plus loin :

> Un puritain montre les jouisseurs. On le respecte et on le hait. Un libéral montre les jouissants. On s'en amuse et on l'adore. Laclos, Rabelais.
>
> « Épitaphe des écrivains non haineux », même livre

À propos d'une série télévisée sur un don Juan contemporain, il a écrit, dans un livre ô combien moins sombre et qui n'a pourtant que trois mois d'antériorité sur le précédent :

> L'acteur principal est un de ceux qui montrent que la télévision, c'est des gens, et le cinéma, du sexe. Dans son rôle, au cinéma, on aurait distribué un homme beaucoup plus beau. Au cinéma, un garagiste est beau. Le cinéma a une fonction masturbatoire (puisqu'on appelle « beau » ce qui nous fait jouir). La télévision a une fonction, quoi ? rassurante. Ce baiseur a un petit ventre. J'ai un petit ventre. Je pourrais être ce baiseur.
>
> *Théories de théories*

Il n'est donc pas illégitime de savoir comment il était dans le jouir. Lucie, qui aimait qu'il vienne sur ses seins (ce qu'elle a pu me dire !), m'a confié que, au moment de la joie un peu gênée qui succède à l'éjaculation, il rit et s'exclame : « Ça ! Pourquoi n'est-ce pas en poudre ? »

— Qu'est-ce qui le fait rire ?

— Dans des conditions pareilles, un homme ne peut que rire. Tout ce sperme gaspillé ! C'est une preuve de vitalité gratuite.

Et elle approuvait : « Je ne trouve rien de plus beau que la stérilité créatrice. » Pour moi, comme toujours, à son égard comme à tant d'autres, Beauregard de Latouche, encore et toujours.

ce que je peux dire pour compléter le sujet de l'amour

À un beau garçon mi-mousquetaire, mi-Greco et aux cheveux sales, qui ne souriait que très rarement, mais alors il était bouleversant, j'ai dit : « L'homme qui te fera rire tombera amoureux de toi. Il sera amoureux de son triomphe. — Quelle vanité », m'a-t-il répondu. C'est souvent l'autre nom de l'amour.

Plus tard, me voyant m'étirer, il m'a dit :

— Morphée t'appelle.

J'ai répondu :

— Ce con.

Il a souri. (Ce sourire !) Incapable de savoir en profiter, j'ai repris la parole :

— C'est l'ennemi d'Éros. Morphée, jaloux, morose, dieu du Sommeil c'est-à-dire de l'Ennui qu'il finit par nous faire aimer, nous pousse dans le lit, mais pour dormir.

Les mots, les mots ! Ils ont encore retardé le moment pour lequel nous nous étions contactés.

La parole est l'ennemie de l'amour. Je le sais depuis que, ayant fait la connaissance de Xabi, pour éviter de lui demander ce qui seul m'importait, je lui ai parlé d'un milliard de choses. Il m'en a appris autant. La privation d'amour peut mener à un savoir insoupçonné.

Ce qui m'importait, c'est qu'il a bouleversé ma vie en exprimant par écrit des choses que je ne savais pas penser. Son évolution envers moi s'est marquée par des délicatesses de vocabulaire, comme quand, dans sa lettre « Greta Garbo », il emploie les mots « un être » au lieu de « une femme », comme il l'aurait fait jusque-là : « Ah, peu de choses mettent autant d'accord avec l'humanité qu'*un être* à l'haleine fraîche au réveil. » D'autres goûts que les siens existent. D'autres moi que le sien existent. Cet homme qu'on croit parfois un pur analytique sait deviner les sentiments d'autrui comme un romancier.

pas de théorie du cadeau !

La chef de cabine annonce que la boutique en détaxe est ouverte. Qui peut vouloir de montres de plongée à bracelet en acier tressé ou d'ouvre-bouteilles « en matière expérimentée par la NASA » ? Qui a encore ce style de macho à cravate de 1978 ? Dans *Noms à vendre*, Xabi raconte que l'Institut de météorologie de Berlin, qui décide des noms des tempêtes en Europe occidentale, les vend aussi. C'est tarifé. 199 euros la dépression, 299 euros le cyclone. « Je me demande quelles sont les personnes qui peuvent donner de l'argent à un organisme pour lui acheter quelque chose qui ne lui appartient pas et qui, de plus, est immatériel. Institut de Berlin, siège social d'un monde où tout est à vendre, jusqu'au malheur des hommes ! »

Xabi aime faire des cadeaux. Enfin, des « présents ». Le mot « cadeau » lui semble imposer une notion de générosité, et c'est à qui reçoit le présent d'en décider. Son tact atteint parfois l'excès de sensibilité. C'est délicieux.

Ce qui fait le plus plaisir dans certains présents, c'est la mémoire qu'ont eue ceux qui les font. Ils se sont rappelé que, il y a longtemps, nous leur avions dit aimer ceci ou cela. Les présents flattent le narcissisme. On pourrait dire qu'ils *sont* une explosion de narcissisme, de ceux qui les font autant que de ceux qui les reçoivent : elle (il) m'aimera ! « Quel est ce pessimisme envers la nature humaine ? m'a dit Lucie. Une généralisation par toi des mœurs des crocodiles de la presse ? » Comme si chez les artistes, etc. Et la praticienne en chef niant ce qu'elle pratique.

Le présent hypocrite de Xabi (celui qui serait en réalité pour lui) : des fleurs. S'il lui arrive de vouloir faire excuser sa distraction par des présents exagérés, il a le sens du présent amusant sans qu'on ait envie de le jeter le lendemain. Le Sacré-Cœur mexicain en métal peint qui clignote dans mon bureau depuis deux ans vient de lui. Lucie était très jalouse de ce talent. Quand ils arrivaient ensemble à un dîner, avec un présent original, c'est lui qui en obtenait des bravos, même s'il le disait choisi par eux deux.

séduction de la bêtise

On se dit : ça n'est pas terrible pour la liberté, la dictature, mais ça chassera la corruption. Première illusion, jamais détruite, que les hommes entretiennent comme un diabétique à qui l'on donnerait du sucre entre deux piqûres d'insuline. Pensant qu'une personnalité autoritaire « mettra de l'ordre », ils oublient tous les exemples de l'histoire. Peu importe, la dictature venge la jalousie ! Et dans les pays ruinés (à Caracas, coupures totales d'électricité de 4 heures toutes les 48 heures et coupures d'eau de 24 à 48 heures par semaine pour faire des économies d'énergie – dans un pays producteur de pétrole), les mains des affamés applaudissent à l'annonce de la saisie de trois maisons de milliardaires, lesquels sont partis depuis longtemps à Lausanne ou à Nassau. Chávez les a du reste peu embêtés. Leurs résidences luxueuses gardées par des hommes en armes du quartier de Cochoa, sur les collines de Caracas, ont quelque chose de Beverly Hills et de scandaleux. Chávez, qui avait su élever à une conscience politique les gens des barrios, jusque-là fatalistes, s'emploie à désespérer la classe moyenne, le peuple des barrios étant maintenu dans une insécurité fort utile (chaque week-end, 80 assassinats dans ceux de Caracas). Tant qu'on déplore des vols, des rackets et des meurtres dans sa famille, la politique passe après. Il y a des crimes dans les démocraties, par interstices. Il y a des crimes dans les dictatures, par nécessité.

Le pouvoir appelle la corruption quel que soit le régime, mais les peuples se laissent pencher vers la dictature quand, à force d'entendre leurs médias chanter des scandales, ils se disent qu'eux-mêmes, en tant que peuples, sont honnêtes. Cela leur permet d'entretenir l'idée délicieuse qu'ils sont irresponsables. Les peuples ne veulent jamais reconnaître qu'eux-mêmes peuvent être corrompus. Les gens de pouvoir leur servent de marionnettes de foire sur lesquelles ils jettent des balles, mais se dire qu'ils ont voté pour eux, les ont laissés faire, se sont arrangés de leur corruption pour pratiquer la leur, jamais. Un romancier a écrit *Les Affaires de M. Jules César* pour se moquer de celui-ci, il aurait pu écrire *Les Affaires de M. le peuple romain*. Un historien de l'Antiquité m'a raconté que, dans les rues de Rome, au temps de la République, il y avait des guichets où les citoyens allaient chercher de l'argent en échange de leur vote. Au Venezuela, on affrète des autocars pour amener en ville des milliers d'aborigènes payés pour voter Chávez. La plus grande corruption des peuples est de se livrer volontairement aux tyrans. Ils le font par lassitude de la corruption d'en face, bien plus grasse que la leur. Leur responsabilité blesse le monde entier. En livrant son pays à un dictateur, un peuple lui permet de contaminer les autres de ses mauvaises manières. Arrive un moment où les dictatures se multiplient. Alors les démocraties, inquiètes de passer pour faibles, reprennent (quoique adoucies) leurs mesures les plus liberticides, croyant qu'on combat le mal par le mal.

Le tyran dit une énormité le lundi, protestation mondiale. Il en dit une autre le mardi, pas de protestation, car on est encore occupé à protester du lundi. Énormité le mercredi, protestation moindre. Énormité le jeudi, seules les associations protestent, reprises par personne. L'« information » étant souvent la dramatisation progressive de certains événements, ses maîtres jugent que le public serait lassé. Et l'énormité du jeudi, celle qui importait réellement pour le tyran, il la met en pratique dans l'indifférence générale.

Plus il est stupide, plus il plaît. « Le charme de la bêtise est ce qui explique le succès de la plupart des dictateurs et de tous les écrivains apocalyptiques » (Xabi, *Théories de théories*). Je crois que les gens aiment être trompés, surtout si c'est avec des flonflons. Tout sujet du tyran peut se croire membre du chœur. « Tyrannisé et content, car je m'imagine du côté du pouvoir », tel pourrait être le premier vers du refrain.

Ah, quels épais connards. Mais rusés, et de quelle ruse ! Proportionnelle à l'épaisseur. Elle les a menés au pouvoir – en guidant la bêtise. Si, si, beaucoup de gens aiment la bêtise. Elle flatte leur part animale. Chez eux, elle est prépondérante, supérieure à la part humaine. Comme ils vivent en société, elle est habituellement écrasée. Ils grognent. C'est de joie mauvaise quand ils assistent au triomphe d'un des leurs. La bêtise sortie de la niche, les brutes aboient. Elles sont tout étonnées de prendre un coup de pied du tyran.

vive un roi
(stupéfaction du goujat)

— Tu m'écoutes ?

Il souriait d'aise en manipulant son téléphone à la terrasse du Nemours.

— Voici une vengeance comme on n'en voit que dans les films comiques. Une vengeance dans la vie, où la justice existe si peu ! Mesdames et messieurs, Juan Carlos, roi d'Espagne, dans une scène de Lubitsch ! Viva el rey, et avec les points d'exclamation des deux côtés ! s'est-il exclamé en me montrant le film qui commençait sur l'écran.

10 novembre 2007, sommet ibéro-américain des chefs d'État et de gouvernement, Santiago du Chili. Hugo Chávez déblatère au micro contre un ancien président du Conseil espagnol. L'actuel, membre du parti opposé, assis à côté de Chávez à la tribune, trop content, ne dit rien. On voit la colère monter dans le roi d'Espagne, à la même tribune, deux places plus loin. Il ne pense visiblement pas à la politique, mais à l'équité ou,

peut-être plus simplement, à l'honneur de son pays. Ivre de sottise, Chávez parle et déparle. Le roi se penche sur la table et, se tournant vers lui : « ¿ Por qué no te callas ? » Pourquoi ne te tais-tu pas ? Cinq mots, et le monde entier a soupiré d'aise. Ce roi d'Espagne, décidément, n'a fait que des choses bien (comme encore d'empêcher un coup d'État militaire lorsqu'il est arrivé sur le trône). Quelques heures plus tard, les chiens de Chávez lançaient la contre-attaque. C'était, bien entendu, sur le mode : « L'arrogance de l'Espagne colonialiste et raciste. » Chávez en personne a pris soin d'insinuer que le roi avait été mêlé au coup d'État qui l'avait renversé pendant une journée cinq ans auparavant. Il ne mange pas les enfants crus, aussi ? Cette propagande n'a pris que chez les désespérés de l'admirer. Au Venezuela, tout le monde a ri, et les paroles du roi, samplées par des astucieux, ont été transformées en chansons qui ont couru YouTube. Il y en a eu en tango, il y en a eu en reggaeton, il y en a eu sur l'air de « E viva España ». Le roi d'Espagne a fait un tube. Il peut mourir.

Xabi arrête l'image sur Chávez au moment où il *comprend* le roi. Sa mâchoire tombe de stupéfaction comme un tiroir de vieille armoire. « Ah, ces tigres, une fessée les arrête ! » Et c'est en empochant son téléphone que Xabi m'a dit : « Je pars. » Il s'est vu fessant Chavez au moyen d'un livre. Xabi, Xabi, Xabi !

pétrole

Les politiciens sont une étrange engeance.

En 1969, le Premier ministre du Japon Eisaku Sato conclut un accord secret avec le gouvernement américain qui autorise la présence d'armes nucléaires à Okinawa après la restitution de la base militaire par les États-Unis. Le Japon vient d'édicter ses « trois principes non nucléaires » : ne pas fabriquer, ne pas posséder, ne pas détenir d'armes nucléaires. Pour cela, Sato a obtenu le prix Nobel de la paix en 1974. Et il a fait un beau discours grave sur l'horreur nucléaire et l'honneur du Japon.

En 2010, on découvre qu'Iris Robinson, femme du Premier ministre d'Irlande et député conservateur, a une liaison avec un jeune homme de 19 ans (elle en a 58) à qui elle a fait obtenir des prêts bancaires illégaux. Iris Robinson fait de fortes déclarations en faveur de Dieu. Cette vieille ruse a été appliquée avec un cynisme encore plus admirable par le couple Clinton, puisqu'il l'a fait à deux. Lorsque Bill Clinton, président des États-Unis, en 1998, a été convaincu d'avoir trompé sa femme, tous deux, qui n'y allaient jamais, se sont rendus à la messe dans un grand arroi de télévisions. La religion est le meilleur cache-sexe.

Bob Boothbie, secrétaire particulier de Churchill et député conservateur, était un érotomane consommant garçons et filles. Il se marie en 1935 à Diana Cavendish, cousine d'une Dorothy du même nom avec qui il couche depuis 1929 et il continuera même quand elle sera devenue la femme du Premier ministre Harold Macmillan. À 67 ans, en 1967, il épouse la fille d'un riche Sarde importateur de poisson, cela ne veut pas nécessairement dire mafieux mais ne l'empêche pas d'avoir une aventure avec l'un des deux frères Kray, gangsters célèbres en Angleterre où on les trouve américains pour l'ampleur brutale de leurs méthodes. Ronnie et Reggie sont jumeaux, couchent ensemble, Ronnie couche avec Boothbie. Il lui a été présenté par un voyou de l'East End avec qui Boothbie couche aussi. Reggie Kray fournit à Boothbie des *East End boys* en échange de services. Un article du *Sunday Mirror* révélant que Scotland Yard enquête sur « un célèbre pair du royaume frayant avec Reggie Kray » sous une photo de Kray et de Boothbie côte à côte (on a pris soin de donner son récent titre de baron à Boothbie dans la légende), Boothbie le prend avec cynisme. À un député homosexuel de la bande, il demande devant plusieurs autres, à la Chambre des communes, quel peut bien être ce pair célèbre. « Désolé, Bob, c'est toi », répond l'autre. Boothbie menace d'attaquer le *Sunday Mirror*, dont il obtient 40 000 £ ; le rédacteur en chef est licencié. Bob, baron Boothbie, n'a jamais été embêté. Et voilà la carrière d'un coquin de la Restauration (*Restoration rogue*) trois cents ans plus tard.

Au plus haut de l'État, quand on sait qu'on ne peut devenir président d'une République qu'en exploitant, abandonnant, menaçant, calomniant, mentant, écrasant, assassinant parfois, la légende la plus comique est : « Il aime les gens. » Ils en sont persuadés d'ailleurs. Ayant vaincu leurs adversaires, ils regardent avec attendrissement la masse des gens par-dessus le tumulus de leurs confrères égorgés. « J'aime les gens », dit Caligula en léchant le coin de sa bouche.

À part ça, des personnes charmantes pourvu qu'on ne se mêle pas de leurs affaires. Dès qu'on les contrarie et que, si peu que ce soit, on les empêche d'assouvir leur voracité, la violence explose. Xabi s'est-il mêlé de trop près des pétroles vénézuéliens ? Il a eu cette drôle d'idée, parmi tant qui se précipitaient hors de sa bouche à la terrasse du Nemours, de vouloir « refaire » le roman de Pasolini, *Pétrole*. Comme si on « refaisait » un livre. Comme si Pasolini avait simplement fait le sien. Il est inachevé. Et puis, romancier ? Un jeune écrivain qu'il admirait a qualifié Xabi de « frôleur de littérature ». Ça l'a blessé, je crois. Tant d'intelligence, tant de prestesse, et peut-être moins de créativité que ce qu'il en a rêvé chez les autres ? « Dans son livret militaire, mon arrière-grand-père est décrit de la façon suivante : "Un mètre soixante-quatre avec un gros nez." Un mètre soixante-quatre avec un gros nez ! Le portrait est fait. Sans le savoir, ou en le sachant peut-être, l'homme qui a rempli ce livret a eu du génie ; il tient au mot "avec". *Et on se tue à vouloir être romancier !* » Cette façon (c'est moi qui ai souligné la dernière phrase) de déceler l'imagination dans les endroits les moins recensés, et même de l'y mettre, c'est précisément une de ses manières d'en avoir, plus fine que chez ceux qui se sont crus plus fins, et plus généreuse que chez les monstres d'égoïsme que sont parfois les grands créateurs. « Il n'a jamais pu écrire son roman. » Oui, sans doute. Il ne l'a peut-être pas voulu. N'oublions pas qu'il a lui-même suggéré cette incapacité. Qui sait s'il n'est pas là, son romanesque ? Si l'« incapacité à écrire un roman » n'a pas été son leurre à balourds, le motif de sa symphonie, sa fiction ? Il n'était pas fait pour écrire des romans romanesques, si « romanesque » veut dire « récit d'aventures », ce que d'ailleurs il n'a cessé de contester. Il a inventé une autre manière d'écrire de la fiction. Non pas dans l'invention de personnages, en spéculant sur les sensations. C'est sa façon déjà tellement imitée d'écrire : « J'ai ressenti ceci » puis, quand tout est montré, de contredire : « J'ai ressenti cela » et de lancer une autre réflexion. Et quand il disait « je » on croyait qu'il parlait de lui. Ce « je » a été la plus grande fiction d'un auteur qui a eu l'air de n'écrire que des essais. Le problème est qu'on ne l'a pas cru chez les écrivains de littérature, qui l'ont regardé de loin. Le jeune romancier continuait : « Nous avons en France deux spécialités. Notre gastronomie fort connue, inscrite au Patrimoine mondial de l'humanité, et ces intellectuels, ni écrivains, ni savants, mi-savants, mi-écrivains, qui, ayant vainement effleuré la littérature et frivolement caressé la philosophie, finissent par entrer à coups de pied dans la politique. Xabi Puig, le plus raffiné d'entre eux… » Ah ça c'était perfide. Les suiveurs de cerveaux, Xabi les avait, il a voulu qu'on le suive pour un rêve littéraire de grand livre contre un tyran, après le rêve médiatique qu'avait représenté son couple avec Lucie.

Une des choses que l'ami vénézuélien a racontées au restaurant est que le régime de Chávez, comme toute dictature naissante ou achevée, comporte une part de gangstérisme. Quand il a postulé pour un emploi à la PDVSA, les Pétroles du Venezuela, la plus puissante entreprise du pays, on lui a répondu : « Tu n'es pas membre du parti. Ça ne va pas être possible. » Les liaisons entre cette entreprise d'État et la police sont telles que l'homme a ajouté : « On ne t'a pas vu à la manifestation de soutien au Président, l'autre jour… » *Et c'était vrai.* Le pays boite au bord de la ruine, mais on prend le temps d'espionner les braves gens. Puisque, au moment de chuter, on sera toujours rattrapé par l'argent du pétrole, cette malédiction ! « Les "richesses naturelles", encore une raison de contester l'admiration qu'on met dans le mot "naturel", a dit Xabi. Elles permettent à l'incapacité de gouverner, appuyée sur la corruption. » Au Venezuela, où le pétrole est très lourd, on n'a jamais appris à le raffiner ; où le fait-on faire ? Aux États-Unis. On s'en rembourse par des rodomontades. Ils doivent bien s'amuser, les Américains. « Mais les chavistes ?… », a dit Xabi, et l'ami vénézuélien : « "Chaviste" est un mot qui n'existe pas au Venezuela. On ne l'y entend même pas dans la bouche des opposants. Ils reprennent le mot du gouvernement, "oficialistas". — Ils ne gagneront jamais, a dit Xabi. Quand on accepte le vocabulaire du pouvoir, on est perdu. » Celui de Chávez est si étendu qu'il trouve évident de dire qu'il existe des « oficialistas », des candidats officiels. L'ami vénézuélien : « Ce n'est jamais hitlérien qu'on était, c'était pour l'Allemagne. »

Pourquoi vouloir attaquer des tyrans étrangers ? Est-ce mieux que le temps où on les approuvait ? Quelle est cette passion des intellectuels, naguère de gauche, aujourd'hui à droite, de ne jamais s'intéresser à leur pays ? Il y a assez de gens pour s'occuper des pays, peut-être. Et les écrivains, intellectuels, etc., font suffisamment pour eux en écrivant de bons livres qui contribuent à leur gloire. « La France, je m'en occuperai quand elle sera en guerre », a écrit Xabi.

Il y a des mots qu'il vaut mieux ne pas imprimer sur un milieu dans un livre qui n'est pas de ce milieu. On peut être contre lui, mais à condition d'être à la fois ostensiblement contre et proche, journaliste d'enquête, par exemple, comme moi qui n'ai jamais été très embêté à Caracas. Mais un philologue, c'est-à-dire un homme dont un politicien ne peut pas, en quelques coups de téléphone, savoir de qui il dépend, ni ce qu'il veut, et de toute façon ce seraient des choses incompréhensibles, ne dépendre de personne, vouloir un combat intellectuel. Les gens pratiques sont déroutés et exaspérés par l'idéal. Ils n'y croient pas et le voient pourtant agir. L'incontrôlable idéal et ses maladresses. Écrire dans un livre les mots PDVSA, Petroleos de Venezuela SA, quand on s'est occupé de suffixes et d'adjectifs ! Qu'attend-il, ce Puig ? Impossible de le discréditer en le calomniant ou en l'accusant de collusion avec des adversaires. Son désintéressement est un grand danger. Certains disent que

Pasolini a été assassiné pour avoir annoncé que son roman révélerait l'influence secrète de l'ENI, Ente Nazionali Idrocarburi, dans la république italienne. Et le pétrole ne représentait pas un quart du produit intérieur brut du pays.

vie de Chávez
pour les petits enfants et pour les adultes

La biographie de Chávez, qui a glissé sous mon siège, s'intitule *Hugo !*. Plus besoin de lire : le point d'exclamation résume tout ce qu'on peut dire de Hugo Chávez Frias, né le 28 juillet 1954 à Sabaneta, Venezuela. Pour les entêtés, deux versions au choix :

Vie de Chávez pour les petits enfants

Hugo Chávez Frias, né le 28 juillet 1954 à Sabaneta, Venezuela, est un fils du peuple. Pauvre et sans éducation, il s'est fait tout seul. Brillant jeune militaire, il est écœuré par la corruption des classes dirigeantes et, tentant d'actionner l'armée comme force de contre-proposition à l'idéologie dominante, il tente une opération de renversement des élites pré-mondialisées. Échouant, il est jeté dans les geôles du pouvoir. Libéré, il est régulièrement élu à la présidence de la République, après une campagne où, seul contre les forces de la réaction, il est porté au pouvoir par l'enthousiasme populaire. Les barrios, enflammés par le premier homme qui leur ait jamais donné la parole, se placent à l'avant-garde de l'électorat. Gouvernant contre la volonté du marché, celui-ci organise un coup d'État sauvage contre lui. Ne bénéficiant d'aucun soutien populaire et financés par les États-Unis, les putschistes sont chassés en 24 heures. Étant confronté à une perpétuelle campagne de déstabilisation, en particulier par les chaînes de télévision privées restées aux mains des anciens maîtres qui l'injurient à longueur d'antenne, Hugo Chávez Frias en dénonce l'organisateur, le capitalisme financier international qui l'accuse de ne pas respecter les consultations électorales alors que, tout à l'opposé, il les respecte scrupuleusement. Un maire d'opposition (de l'ancienne clique corrompue) étant élu à la mairie de Caracas, il le laisse en place. C'est bien la preuve qu'il respecte le processus démocratique. Renouvelant les alliances du pays, il l'éloigne de la sphère d'influence américaine et se rapproche des leaders indépendants à travers le monde, tels Fidel Castro et le président iranien Ahmadinejad.

Vie de Chávez pour les adultes

Hugo Chávez Frias, né le 28 juillet 1954 à Sabaneta, Venezuela, est fils d'instituteurs. S'inscrit à l'Académie des sciences militaires à l'âge de 17 ans, accomplit son service militaire actif dans un bataillon de contre-insurrection. Il en fomentera une en 1992, si mal organisée qu'il doit se replier au Musée militaire sans aucun moyen de communiquer avec les conspirateurs qui devaient s'emparer de la présidence, du ministère de la Défense et de l'aéroport militaire. Il se rend. Le gouvernement commet l'erreur de l'autoriser à parler à la télévision pour appeler les rebelles à déposer les armes : il en profite pour dire qu'il a échoué « pour l'heure ». *Por ahora*. C'est la devise des forcenés. Après deux ans de prison, il est amnistié par le président suivant, qui n'a pas dû lire la si frappante phrase de Plutarque sur les débuts des révolutions que Xabi cite dans *Cadres*. Élu en 1999 à force de promesses grâce au soutien massif des barrios, et surtout grâce à la division de ses concurrents, il devient président puis, la même année, modifie la Constitution par un référendum qui augmente la durée de son mandat (6 ans au lieu de 5) et ses pouvoirs. C'est là qu'il change l'appellation du pays en « République bolivarienne du Venezuela ». La nouvelle signifie qu'il n'est pas une chiffe molle démocrate s'accommodant du passé, de son poids, de sa pesanteur et des vieilles libertés tant bien que mal acquises par les peuples. Haï par la vieille classe politique corrompue qui le bombarde d'une contre-propagande aussi grossière que sa propre propagande, il est renversé par un coup d'État en 2002. Avec la finesse qui caractérise parfois leur politique en Amérique latine et les y fait tant aimer, les États-Unis déclarent leur soutien aux putschistes ; je me souviens de Condoleezza Rice, le secrétaire d'État d'alors, disant avec une sévérité timide que la liberté était revenue au Venezuela. Le lendemain, les putschistes, aussi désorganisés que Chávez trois ans auparavant, sont chassés et il revient. Un militaire l'a sauvé en maintenant l'armée à son côté. Il est en prison depuis ; ayant appris la clémence à son bénéfice, Chávez ne la pratique pas avec les autres. Ce général Baduel a osé s'opposer au second référendum, celui de 2007 par lequel Chávez a cherché à se faire élire président à vie. Le motif officiel de l'emprisonnement est un enrichissement illicite durant son mandat de ministre de la Défense entre 2005 et 2007. On raconte à Caracas que ce sont les pressions de Baduel, très influent dans l'armée, qui ont forcé Chávez à reconnaître sa défaite au référendum de 2007, sans cela il aurait truqué les résultats. Qu'il a quand même truqués. L'ami vénézuélien : « S'il dit l'avoir perdu à 51 %, son référendum, ça veut dire qu'il l'a perdu à 70. » Les exilés exagèrent, mais ils n'ont pas tort. Chávez se méfie de l'armée. Il en vient, la connaît, en a renouvelé les cadres et la double d'une milice à qui il confie toutes les missions d'importance. C'est elle qui fait des descentes à coups de gourdin et d'armes à feu contre les étudiants (accusés d'être des « blousons dorés » qui veulent « mettre Caracas à feu et à sang » quand ils marchent simplement avec un bâillon sur la bouche), dans les journaux (ou du moins le peu de journaux d'opposition qui restent), les chaînes de télévision privées (manquant de toute mesure dans leurs attaques, mais c'est parce qu'elles sont le seul contre-pouvoir), intimide la population. République bolivarienne du Venezuela.

Xabi a marmonné quelque chose sur Hugo Chávez qui serait « un bouffon triste » et s'est resservi de vin, il a trop bu ce soir-là, cela lui arrivait de plus en plus souvent. L'ami vénézuélien a raconté ceci. En 2004, l'opposition recueille le nombre de signatures requis par la Constitution de 1999 pour organiser un référendum – au moins 20 % de l'électorat, soit 2 400 000 signatures. Un nombre suffisant est validé, malgré toutes les tentatives du Conseil électoral national pour les annuler, engendrant des émeutes, 9 morts, 1 200 blessés, 339 arrestations. La proposition de révocation de Chávez perd par 42 % des voix contre 58, chiffres officiels. Sur ordre de Chávez, Tascon, député « oficialiste », publie la liste des signataires de la demande de référendum, *accompagnée de leur numéro de carte d'identité*. Non seulement les opposants sont désignés à la population comme des salauds, mais tous les employés d'administrations publiques ayant signé sont révoqués. Les autres, depuis, se voient refuser des papiers officiels quand ils en demandent. Quantité d'entre eux ont été purement et simplement rayés des listes électorales. République bolivarienne du Venezuela.

Ah, me disais-je en constatant la rage de l'ami vénézuélien, la distance crée du mythe. Nous ne connaissons pas les détails du régime chaviste. Nous jugeons à partir d'un schéma. Chose remarquable, le lointain commence dès qu'il y a une frontière. La Suisse frontalière de la France est un mythe pour la France, et vice-versa. N'accèdent à notre connaissance que le bruyant et le voyant. Et voilà comment des populations entières sont résumées par la vulgarité d'un de leurs membres qui ne les caractérise en rien. Chávez manipule les symboles comme un prestidigitateur, c'est-à-dire un imposteur, mais bien des gens aiment ça. Plus la ruse est grossière, plus ils applaudissent. Ils sont flattés de la voir. C'est ainsi que, à mon sens, nous sommes passés de la société du spectacle à la société du scandale. La société du spectacle, contrairement à la découverte qu'on a cru en faire vers 1970, existe depuis longtemps, j'en parlais à Louis XIV hier soir. On a de tout temps joué un ballet devant les peuples pour leur cacher les escroqueries dans la coulisse. Ce qui est nouveau, c'est qu'on a fait avancer les escrocs sur la scène et que, loin de les renvoyer, le public les persifle puis leur donne le premier rôle, comme si le persiflage était le remboursement anticipé de la promotion. Après laquelle, nous avons déjà quelques années d'expérience, l'escroc est à nouveau pris la main dans la poche d'un autre (je ne parle pas que d'argent, mais de mensonges, de plagiats, de toutes les malhonnêtetés intellectuelles en plus de pécuniaires), il est hué et élevé au rang de star, comme si un public corrompu voulait se donner perpétuellement raison. Dans la société de scandale, l'imposteur est dévoilé et peut continuer à être imposteur. Il *doit* continuer. Il faut que tout le monde paraisse compromis. Pour mieux voir dans cette fumée, une seule chose à faire, aller sur place, a dit Xabi. Et, comme il n'est pas contre les jeux de mots, il a dit : « Chávez, c'est Tartarin de Tascon. » Et, comme il n'est pas sans éclats d'enfance, il a ri de sa propre plaisanterie. Et, comme il n'est pas sans tact, il s'est exclamé : « Oh pardon ! Pardon ! » pendant que des larmes de joie lui giclaient des yeux. Je raffole des gens qui rient de leurs propres blagues. Ils sont spontanés. C'est une qualité très rare dans la société, où presque tout le monde calcule ses actes, son attitude, ses sentiments même. Seuls les calculateurs qui ont préparé leurs blagues avant de sortir de chez eux peuvent les dire en gardant leur sang-froid. Une plaisanterie peut être un éclat de lumière sur le monde. Étant parfois frappé par ses propres paroles, comme si elles ne venaient pas de lui mais d'un dieu (effet de sa rapidité d'esprit), Xabi a réfléchi à ce « Tartarin de Tascon » (je l'ai remarqué à son subit renfermement). C'est un des moments où l'idée du livre a germé en lui, je le sais maintenant. Je suis stupéfait de constater le nombre de pourquoi il y a à l'écriture d'un livre. Et j'ai dû ne pas en voir.

Dans sa colère antichaviste, l'ami vénézuélien débitait la liste de l'agitation perpétuelle de l'ami du peuple et du pétrole.

Le 31 janvier 2008, le conseil municipal de la Alcaldía Libertador de Caracas interdit le concert du chanteur espagnol Alejandro Sanz, qui devait avoir lieu le 14 février, pour avoir dit qu'il n'aimait pas Chávez *en 2004*.

Le 4 février 2008, après avoir proposé, fin janvier, une force interaméricaine pour envahir les États-Unis, Chávez accuse la Colombie de vouloir envahir le Venezuela. (La Colombie était intervenue en territoire vénézuélien moins d'un an auparavant.) Il menace souvent la Colombie de guerre, mais l'armée vénézuélienne ne s'est pas battue depuis l'indépendance en 1811 et, quand il a mobilisé quelques mois plus tard, désolation générale : les paquetages n'étaient pas prêts, les camions ne démarraient pas. L'armée colombienne, entraînée par les Américains, est la meilleure armée du continent. Elle pilerait les Vénézuéliens en six heures.

Le 9 février 2008, Chávez se mêle des élections au Salvador en annonçant qu'il finance le Frente Farabundo Martí.

Le 2 mars 2008, le « numéro 2 » des FARC, Forces armées révolutionnaires de Colombie, est abattu par l'armée colombienne intervenant en Équateur.

Chávez le déplore, qualifiant la Colombie d'« Israël de l'Amérique latine », et envoie six bataillons à la frontière. Des papiers saisis sur l'homme abattu prouvent que Chávez avait envoyé 300 millions de dollars aux FARC, en ayant reçu 100 millions de leur part lorsqu'il était emprisonné pour sa tentative de coup d'État. Voilà pourquoi il crie si fort ; il veut couvrir le bruit de sa faute.

Un tyran invente à son pays des querelles qui ne sont pas les siennes, a commenté l'ami vénézuélien. Chávez a apporté aux Vénézuéliens, qui se fichent des juifs comme des Chinois, un ennemi nouveau. Il a expulsé l'ambassadeur d'Israël en janvier 2009. Rien n'est plus opposé aux traditions de sa nation que cet antisémitisme utilitaire. On crée un fantasme de rapaces secrets à l'intention d'un peuple qui ne pensera pas à gratter ses tyrans sous lesquels il trouverait l'or. Ces soi-disant défenseurs de leur nation en sont les vampires, leur pompant le sang jusqu'à la limite de l'extinction, la maintenant dans un état de chétivité juste suffisant à sa survie, à elle, et à sa prospérité, à lui.

En juin 2008, Chávez crée deux agences d'espionnage par une loi obligeant les citoyens à les renseigner, ainsi que les groupes activistes chavéziens. Tout refus peut entraîner une peine de 2 à 4 ans de prison, 4 à 6 pour les fonctionnaires.

En…

Bon, voilà, me suis-je dit, ce Chávez dérange perpétuellement la tranquillité de son pays. C'est une méthode : le gouvernement par la fatigue. L'ami vénézuélien continuait, et on n'en était qu'à 2008. Il y a des opposants qui vous rendraient presque partisan.

nom de genre : césarisme

Xabi, roulant une miette de pain sur la table : « Quand on emploie sans arrêt un mot, c'est que la chose n'existe pas et qu'on veut éviter qu'elle apparaisse. » Exemple, « césarisme ». Après la Deuxième Guerre mondiale, une fois chassés ses Césars allemand, italien, hongrois et autres, on a opposé ce mot aux politiciens des démocraties à tendance autoritaire. Cela a peut-être empêché le général de Gaulle d'aller sur cette pente, qu'il avait forte. Puis on oublie les souffrances, les générations nouvelles ont besoin de frivolité, plus de « césarisme ». Et c'est le moment où s'installent des Césars partout. Ou des apprentis Césars. Venezuela. Russie. Europe même. On ne pense plus au mot « césarisme » parce qu'ils ne nous en laissent pas le temps. « Nous sommes débordés par les mauvaises manières des nouveaux Césars qui ont chacun leur nom propre, a continué Xabi (boulette de mie grisâtre). Un nom a disparu. Au secours, rendez-le-nous ! Cela voudra dire qu'on a à se méfier, pas à craindre ! » Il parlait plus fort à mesure qu'il s'excitait, mais personne ne se retournait. On est à Paris. L'ami vénézuélien allait exprimer une idée bien intéressante, quand Xabi l'a interrompu : « Quand on n'emploie plus le mot, c'est que, et souvent pour notre malheur, la chose est apparue. »

de la disparition

L'avion « traverse une zone de turbulences », a annoncé la chef de cabine. Turbulences, certes, traverser, j'espère. Dans la lessiveuse détraquée qu'est devenue la machine, l'équipage a reçu l'ordre de s'attacher. Face à moi, d'une impassibilité de cire, l'hôtesse se retient des deux mains à son siège de poste. Je pense à cet homme tendre, bienveillant, attentif, qui… J'ai failli écrire « un garçon », tant il avait l'air adolescent, mais il était marié et père de trois enfants. Je crois que ce qui restera de lui est son sourire, un sourire rendu encore plus rêveur par ses yeux de grand myope, qui semblaient ne chercher qu'à admirer. Membre du cabinet du secrétaire général des Nations unies, il était en mission à Port-au-Prince. Lorsque, d'une voix blême, Xabi m'a appris la mort de cet ami que nous nous étions découvert en commun (il l'avait gardé parce qu'il ne le voyait qu'une fois par an), je lui ai demandé comment ça s'était produit. « Je ne veux pas le savoir », a-t-il répondu. La crainte d'apprendre qu'il avait été écrasé ou avait mis des heures à s'éteindre, sans doute. « J'espère seulement qu'il est mort sans souffrir. » Et cela, nous l'ignorons, et nous conservons cet affreux doute. Ne pas savoir de quoi quelqu'un est mort est une chose qui rend la mort encore plus difficilement supportable. Le savoir donne l'illusion de comprendre, alors que l'ignorance redouble le mystère et le sentiment d'impuissance : quelle injustice ! Non seulement *faire* mourir, mais nous cacher comment ! La tyrannie de la mort y éclate.

Dans le film qu'on diffusait sur l'écran de taille admirable et de qualité prodigieuse que j'avais extirpé de l'accoudoir de mon siège juste avant qu'on ne nous ordonne d'arrêter les distractions, on annonçait un décès au personnage principal. « Elle a eu un accident de voiture… Cela s'est passé cette nuit… Elle n'a pas souffert. » Et l'histoire continue. Je crois qu'il manquait le mot « mort ». Le tact apparent qui consiste à ne pas le prononcer n'est que la peur d'affronter des cris. On fait le calcul que le mot tu rendra muet celui qui devra le déduire. Eh bien, l'amitié consiste à affronter les moments désagréables par les mots. Et cela c'est Xabi qui passe pour un étrange ami qui le dit, et il ajoute : « Il ne peut pas y avoir d'ellipse dans la rhétorique funèbre. Bossuet le savait bien, qui se régalait du mot “mort”. “Madame se meurt, Madame est morte.” “Elle est morte, cette grande reine ; et par sa mort elle a laissé un regret éternel." "L'illustre mort que nous pleurons." L'Aigle de Meaux était un vautour. Et, en même temps, ce cruel était humain. Il disait "mort" en considérant que nous sommes assez endurants pour supporter la chose et, ce faisant, nous communiquait de l'endurance. Il y a un mot, un seul, qu'on est obligé de prononcer, celui qui, exprimant la fin de notre existence, nous rappelle que nous ne sommes pas des dieux. C'est la mortalité qui nous rend humains. Dans un monde philosophique, la mère qui se penche ravie sur le berceau où elle vient d'entendre "maman" répondrait, avec un sourire : "Mort." » Et tu es allé prononcer « tyran » dans un pays où c'est le mot interdit, petit auteur français solitaire comme un macaque face à un régime, un gros régime avec ses bananes charnues de généraux factieux devenus l'État, un État devenu faction ? Me revient une phrase qu'il a dite, en passant, comme ça, à la sortie du restaurant, les mots se faisant des croche-pieds dans sa bouche à cause de l'alcool : « Je périrai avant le monde. Ce n'est pas grave. » Et comme il marchait, dans la rue, loin du trottoir, une voiture a klaxonné. Il a haussé les épaules.

I ricordi, queste ombre troppo lunghe
Del nostre breve corpo,
Questo strascico di morte
Che noi lasciamo vivendo.

Les souvenirs, ces trop longues ombres
De notre corps si bref,
Cette traînée de mort
Que nous laissons en vivant.

Vincenzo Cardarelli

ce qui serait insolite et rassurant

Quels bonds ! Je crois que je ne serais rassuré que si je voyais un avion nous doubler avec, à un hublot :

deuxième et troisième photos de Xabi
(envoyées à sa mère)

1. Il est place Venezuela, une place ronde, un grand carrefour, plutôt, tournant autour d'une fontaine inaugurée la dernière fois que j'y étais. Enfin, fontaine. Pas Rome et Anita Ekberg, n'est-ce pas ? Un grand bassin plat avec des toux d'eau. La cérémonie avait été populaire et morne, le public assis sur des chaises en plastique tout autour du plan d'eau observant des illuminations sommaires sur une musique diffusée par quatre baffles. La photo n'est pas nette (qui l'a prise ?). Il est en contre-plongée. Derrière lui, le gratte-ciel Nescafé, tour parallélépipédique des années 70 avec, sur le toit, vivement éclairée, une chope de dix mètres de haut portant le nom de la marque. Dans un dessin animé, un avion se planterait dedans pour faire la cuillère. Xabi sourit, il a maigri.

2. C'est la nuit. Il se tient de profil à droite de la photo, portant un polo à manches courtes et

un pantalon de toile. Une branche de palmier vient, occupant les deux tiers de l'image, se courber devant son front. Un lampadaire éclaire Xabi parderrière. L'arête de ses sourcils et son nez projettent une ombre de corbeau sur son visage presque émacié. La palme semble lancer des couteaux vers lui. On aperçoit, au loin, les lucioles de phares de voitures. Il est là, bras ballants, l'air hébété. Ça sent l'été dangereux.

écrans

Ah, le progrès technique dont on dit tant de mal ! Sans mon ordinateur portable, je ne pourrais jamais écrire en puisant dans des archives. Il faudra que je fasse rire le steward pour aller le recharger à une prise de fauteuil en classe Affaires. J'aime bien les stewards, moi, et les coiffeurs, et le progrès, enfin tout ce dont les spirituels se moquent, qui se croient terrifiants parce qu'ils manquent de cœur. Le progrès ! Il était bien agaçant, quand les tyrans du XXe siècle le manipulaient à leur profit. Le tribunal de la tranquillité humaine peut donc les condamner deux fois, pour avoir tué des hommes, pour avoir tué un moyen d'élévation. Les stewards, les coiffeurs, le progrès ne sont peut-être pas les plus malins, mais des malins, il n'en manque pas.

Les autres passagers me prennent, qui sait ? pour un cadre d'entreprise, comme ceux qu'on voit dans les vols intérieurs de sept heures du matin. Sur les écrans de leurs ordinateurs, on aperçoit des tableaux avec des mots de finance. Ah, les mâles. C'est un troupeau qu'on fait avancer en lui faisant croire à des choses. D'argent, en général. Plus le sport pour l'entretien de l'esprit de compétition. Dans les cafés populaires du Venezuela, des écrans plasma diffusent des matches de base-ball sur ESPN, la chaîne de télévision américaine. On s'y passionne pour ce sport yankee, au contraire du reste de l'Amérique du Sud qui n'aime que le football. Chávez y joue. Il a la culture de la petite bourgeoisie d'où il vient et qu'il hait. Comme elle, il s'est physiquement épaissi à force de manger, d'acheter et de regarder la télé, de consommer en un mot. De Punto Fijo à Santa Elena, de Tucupita à San Fernando, le pays est rempli de *malls*, à l'américaine, là encore. Ça se trouve en banlieue, on y va en voiture. Les malls sont des estomacs. Ils mangent les consommateurs qui y mangent. Autour d'un atrium bordé de restaurants rapides, des boutiques de vêtements, d'électronique, d'appareils photos ; et, gras, les flâneurs achètent et bouffent. Ils achètent la bouffe, ils achètent pour bouffer, leur achat est bouffer. Dès qu'abîmé ou démodé, on jette. Les pires Américains sont ceux qui les imitent. Il sera très difficile à Chávez de s'opposer à une population qui tient à ses sucres ajoutés. Et d'ailleurs qu'est-ce que ça peut lui faire, et à moi, les modes de vie ? Les gens vivent comme ils veulent, et si cela ne nous plaît pas, qu'on parte. Au Venezuela, pas de contre-mode institutionnelle.

On y est peu religieux. Du temps de la colonisation, il était considéré comme une simple annexe de la Colombie par les Espagnols qui y avaient installé l'évêché, il n'y en avait pas ici, où le contrôle des esprits a été plus vague. On est devenu un peu catholique, un peu d'une religion aborigène, un peu ceci, un peu cela, un peu tout, un peu rien. « C'est une société permissive », m'a dit un jeune expatrié français la première fois que j'y suis allé, employant un mot inouï de moi depuis mon adolescence. Il avait 20 ans, se trouvait là par militantisme, vivant dans une ferme néocommuniste d'Occidentaux haineux. Les gens qui ont le désir de harceler les autres ne sont pas en petit nombre, sur la terre. Les femmes, dans les avions, lisent souvent des livres. Enfin ! Ils peuvent aussi être de l'ordre de la distraction, comme ma musulmane avec sa collection Harlequin mystique et… ça alors ! Elle lit l'*International Herald Tribune* !

la barre du 7

Dans *Théories de théories*, un chapitre s'intitule « La barre du 7 ». Xabi y rappelle que les Français sont un des très rares peuples à écrire le chiffre 7 en le coupant d'une barre. Et, dit-il, je pourrais faire un brillant numéro sur cette barre, avec développements sur la singularité française, l'irréligiosité de mon peuple qui lui fait décapiter un chiffre mythologiquement, symboliquement, crédulement fatal (les Sept contre Thèbes, les sept péchés capitaux...), « mais ce serait un brillant numéro pour les naïfs ». (Que, etc. On n'est pas toujours logique.) L'admiration des méchants étrangers semble parfois la seule vengeance possible à ceux qui subissent l'injustice. Je suis mal payé à Metz, à Harrogate, à Francfort, vive le Sud-Américain qui piétine les patrons ! Chez d'autres, la popularité de Chávez révèle une admiration répugnante du pouvoir. Les tyrans sont l'hypocrisie de ces méchants que leur pays et son *système*, qu'ils haïssent à juste titre en lui donnant ce nom magique, écartent sainement de toute responsabilité. Ils ne rêvent que de ce pouvoir qui brutalise à son gré, leur permettant de brutaliser par procuration. (Procuration, c'est-à-dire lâcheté. Ils n'oseraient pas fomenter le plus petit croche-pied à Metz, à Harrogate, à Francfort.) C'est par ce qu'elle croyait être du snobisme que « l'impitoyable Karine de Montfort » s'est faite chaviste à Paris. Aucune compassion de sa part envers les malheureux d'Amérique du Sud. Non, non, un mimétisme de ressentiment dans sa bande (Bourbier, l'humoriste de la radio dont j'oublie le nom, etc.). Plus la prétention. Elle sait mieux que les autres, « l'impitoyable Karine de Montfort », elle a toujours tout compris, en politique comme en critique littéraire, et si l'économie était un accessoire de mode elle exprimerait des opinions sur la masse monétaire. Je me suis demandé si Xabi ne pensait pas à elle quand, dans *Épitaphe de tout le monde*, il cite ce passage d'un roman de Philip Roth, *L'Humiliation* :

> Les Stapleford n'avaient pas été capables de réussir au théâtre à New York, ils n'avaient pas été capables de réussir dans le cinéma en Californie, aussi ils faisaient du grand art dramatique, pensa-t-il, loin des corruptions du monde commercial. Non, il ne pouvait pas être vaincu par ces deux médiocres.

J'y rêvasse en apercevant dans le journal de ma voisine un article sur le fatigant leader du Venezuela. Il harangue, menace, se plaint. Qu'il est prévisible ! En aboyant contre la CIA, l'ONU, l'OCDE, l'UE, l'OMC, il fait du bruit pour couvrir les gémissements du peuple ayant compris qu'il est un incapable. Et, comme tous les incapables, il manipulera de plus en plus les symboles. Cela cachera qu'il ne sait rien faire. Ravie, la plèbe applaudira. Quelques-uns, de plus en plus rares, le contesteront, il s'en léchera les babines, prenant à témoin la plèbe furieuse qu'on veuille la priver de son plaisir de cirque. J'aurais dû dire à Xabi : « N'attaque pas Chávez, cela lui rendrait trop service. Il se nourrit d'inimitié. »

le petit brun

À ma droite, un petit brun me rappelle un amant que j'ai eu. Même peau abricot, même bouche en bicorne, mêmes biceps en boule, mêmes… Si j'écrivais une fiction, c'est lui que je prendrais pour modèle physique de Xabi. Puisque j'aurais à passer un ou deux ans en sa compagnie, autant prendre un corps qui me plaise. Et puis ça le distinguerait de moi. Tels quels, nous ferions un bien mauvais couple de roman, Xabi et moi. Même taille. Même silhouette. Mêmes pensées, en gros. (Sauf que bien sûr les siennes il les a conçues. Un jour que je lui disais admirer une expression qu'il venait d'employer : « Je te l'offre. Imite-moi ! Vends du faux Puig au marché de Vintimille ! Caravage et les caravagesques ! Kafka et Kundera ! L'original ne subsiste que grâce à la copie ! ») Entre nous, aucun contraste mémorable à la Don Quichotte-Sancho Pança, Zorro-sergent Garcia, Jacques le fataliste et son maître. Ah si, tout de même. Xabi est raffiné. Une forme d'homophobie prête le raffinement à tous les gays.

On me verrait ! Chemises à carreaux, cheveux saccagés. Outre de n'avoir aucun goût, je n'ai aucun brio dans la conversation, et l'absence totale de maniérismes dans mes gestes stupéfierait ces reposants crétins. Qu'il est revigorant d'avoir des ennemis aussi simples ! On est sûr de les enfoncer en deux répliques. J'ai couvert pour mon journal la tournée d'une association juive dans des lycées bretons. Elle m'a scandalisé. Montrer des juifs comme des singes ! Ils avaient raison. Les petits Bretons écarquillaient les yeux de découvrir tout à la fois ce qu'ils croyaient une espèce nouvelle et qu'elle ne l'était pas. Des humains ! « On leur a démontré la tirade de Shylock dans *Le Marchand de Venise*, m'a dit Xabi. "Un juif n'a-t-il pas d'organes, de sens, de passions ? Si on nous pique, ne saignons-nous pas ? Si on nous empoisonne, ne mourons-nous pas ?" » Et moi, avec la honte de n'avoir que des références d'ignare, je me suis dit : « Tiens, c'est "I Am What I Am", la chanson de *La Cage aux folles*. "Je suis ce que je suis / Je ne veux ni éloges, ni pitié, / Je suis ce que je suis." » Au retour de ma triste équipée à Caracas, j'irai dans les écoles montrer ce que c'est qu'un homme aux salauds de 13 ans qui martyrisent mes semblables et ont pour injure le mot « intello ». Comme le conseille Plutarque cité par Xabi dans *Cadres* :

> Mais, quand elle eut grandi, fut devenue facile à renverser et marchait droit vers une révolution

> totale de l'État, ils s'aperçurent trop tard que nulle entreprise à son début ne doit être tenue pour insignifiante, car il n'en est aucune que la continuité ne puisse rendre vite considérable, lorsque le mépris qu'on a pour elle empêche d'en arrêter les progrès.
>
> *Vies parallèles* (vie de César)

J'y porterai le souvenir de mon ami, dont la réflexion sur la tyrannie date peut-être de tout temps. Et je leur dirai : en sa présence, je me sentais balourd. Je le suis. Je connais les rustiques. Je ne suis pas excessivement confiant dans leur capacité à supporter le raisonnement. Et celui qui avait cru devenir un grand journaliste tournera dans les collèges de France pour raconter ce qu'a été un grand écrivain assassiné du XXIe siècle.

superstition, destin

C'est par un message téléphonique dans un baragouin mêlé de galimatias que les parents de Xabi ont appris l'enlèvement, la torture. Tentative par les kidnappeurs vénézuéliens de parler français : baragouin. Naïve attaque contre les « capitalistes » et les « sionistes » : galimatias. Un très inquiétant langage de brute rusée. Inaccessible au raisonnement, en effet. Inaccessible à autre chose qu'elle-même. Butée. Ça hait ce que ça ne comprend pas, et ça comprend peu. Pour les injures magiques (« Imitation rhétorique du voyou en chef du pays », a dit M. Puig), leur grosseur leur a suffi, car ils se contentent de réclamer 5 000 euros. Comme a dit le père de mon ami : « On trouve toujours des variations au mot diable pour nommer ce qu'on ne connaît pas et qui fait peur. » Et cet ancien professeur d'histoire de la Renaissance anglaise m'a raconté ceci. Au XVIe siècle, un archipel inhabité des Bermudes passait pour si inhospitalier qu'on lui avait donné le nom d'« îles du Diable ». Pourchassée par une tempête, une expédition anglaise pour la colonie de Virginie y échoue en 1609 : l'archipel est accueillant, les colons y trouvent fruits, légumes et bois pour construire un nouveau bateau. « Il a plu à notre Dieu miséricordieux de faire de cet endroit hideux et haï notre refuge et notre outil de délivrance », écrit William Strachey dans un livre sur l'un des deux chefs de l'expédition, *A True Reportery of the Wrack and Redemption of Sir Thomas Gates*, 1625. « Il faudrait que tout le monde accoste dans les îles du Diable. Cela s'appelle l'ignorance. Il faut des tempêtes pour cela. Elles coulent les préjugés, et c'est violent. Toute éducation est une tempête nécessaire », a poursuivi le sévère M. Puig que j'ai approuvé à demi endormi, car j'avais reconnu une histoire rapportée par Xabi dans *Noms à vendre*. Dans ma somnolence, bercé par l'accent du Midi de cet homme mais empêché de m'endormir par les subits éclats chantants et rageurs qu'il mettait sur certains noms, sans que j'arrive à savoir si c'était parce qu'il voulait insister ou parce qu'il voyait avec irritation mes paupières s'abaisser sur mes yeux éteints, je me demandais : serait-ce moi qui trouve dans les livres de Xabi des prémonitions dont j'espère la réalisation, afin de donner à ce qui se révélera peut-être une mort grossière l'apparence élégante du destin ? Destin, maison de couture. Fondateur, Eschyle, VIe siècle av. J.-C. Drapés sublimes pour habiller vies incertaines. Ah oui, ça nous embêterait trop, que les événements de nos existences soient un tressautement, un zigzag, un rot. Suis-je superstitieux ou a-t-il pressenti un drame ? Est-il allé le chercher ? L'a-t-il provoqué ? On a douté de la torture à l'ambassade de France, la mère de Xabi en a été persuadée, et même qu'il est mort. Après tout son mari a payé sans qu'il soit libéré.

son problème avec l'autorité

Comme une jeune femme flic dont les très grosses fesses ne réussissaient pas à tendre le tissu du pantalon mal coupé faisait exprès de bloquer la circulation en se tenant plantée dans la rue où elle faisait la leçon à une voiture mal garée (son regard en coin montrait qu'elle attendait le coup de klaxon du chauffeur de la camionnette immobilisée près de sa hanche pour le harceler à son tour), Xabi a dit : « Il y a au moins une chose qu'il n'y a jamais eu dans ma famille, ce sont des flics. » Je me souviens de son grommellement lorsque, débarquant de Venise à Roissy, nous avons croisé deux soldats en treillis portant fusil de combat. « Je suis né dans un monde sans "forces de l'ordre" partout… Toute une génération est née et a grandi avec ça… Ce scandale lui paraît normal… On la soupçonne d'être factieuse et elle ne s'en indigne pas… La suivante sera mûre pour un gouvernement autoritaire. » Puis, sans même se retourner vers ces jeunes gens (moi si – le petit brun) : « Et pourquoi leur fait-on porter un sac à dos, sinon pour les humilier et leur faire sentir qu'ils ne sont que des ânes ? Ils ont l'air très fiers. L'arme fait passer l'ânitude. » Enfin, ce marcher hors des trottoirs !

erreur médiatique

Étant un original, il a tout fait pour ne pas obtenir un statut d'original. « C'est destiné à vous rendre inoffensif. » De là certains passages ennuyeux de quelques-uns de ses livres ? Faire oublier son brio, intimider des confrères universitaires, avoir l'air bœuf comme un autre ? Et c'est sans doute aussi pour cela que lui qui n'aime que les gens sérieux (« ce sont les seuls amusants ») a accepté de participer à une de ces émissions de divertissement au ton universel de ricanement si caractéristiques de la France récente. Lassées de faire la promotion du plus ou moins bon, elles ont décidé de détruire l'assurément bon en le traitant, entre autres injures, d'« élitiste », sous les applaudissements mous d'un public guidé par un chauffeur de salle. Était invité un autre écrivain célèbre, mais quant à lui médiocre. Il fait se pâmer « l'impitoyable Karine de Montfort » selon qui il est le premier à avoir décrit la petite bourgeoisie dans des romans. La petite bourgeoisie, d'où vient Karine qui n'est Montfort que par mariage, il y a donc un malheureux sur la terre qui s'est marié avec cette harpie, est une classe si inculte qu'elle se persuade à chaque génération qu'on n'a jamais écrit sur elle. Ce romancier étant, de plus, une soupe de ressentiment, il lui ressemble, elle l'aime. C'est son petit dieu glauque. L'émission s'est passée en sa faveur et Xabi a eu l'air d'un compliqué, d'un snob, d'un Parisien, alors que c'est cet homme qui est tout cela, avec sa veste fripée et ses cheveux gras, mais le public de télévision ne peut pas l'appréhender. Il n'y voit que du pittoresque. Quand ça a été le tour de Xabi, « l'impitoyable Karine de Montfort » a griffé. Xabi est resté avec un regard ailleurs et un sourire flottant qui lui ont donné l'air niais. Le chroniqueur Bernard Bourbier s'est mis à baver d'un ton léger, et c'est là que Xabi a perdu son sang-froid. Il a agressé Bourbier. Bourbier avait gagné. À la télévision, celui qui a l'air de l'agresseur perd toujours. L'autre écrivain pouffait et, avec le nihilisme qui le meut, a marmonné des bassesses hideuses. Xabi en est resté muet. Répondre à des arguments, il sait, mais à aussi bas, et à tellement hors du raisonnement, il n'en a pas eu les moyens. Il était arrivé trop confiant, aussi. Ses bons mots sur le petit dieu glauque l'amusaient lui-même, et voilà un de ses défauts : il croit qu'il a gagné quand il a ri. À propos de son cabotinage de clochard, il m'avait dit, au Nemours, c'était quand il hésitait encore à trouver des raisons pour ne pas participer à l'émission : « Tout ça c'est stratagèmes et expédients et expiration lente de l'artiste. Il n'a pas de style, alors il prend un genre. Au reste, artiste, il ne l'a jamais été. Quand on l'a accusé d'avoir plagié Wikipédia, j'ai été surpris ; je pensais que c'était Wikipédia qui l'avait plagié. Ça ! » Et il est allé à l'émission, avec son autre grand défaut – un de ceux qui l'auront le plus mal servi au Venezuela : il veut toujours plaire, y compris à ses ennemis. Et, à l'écran, il a fait au petit dieu glauque des sourires hésitants, presque obséquieux, dont l'effet a été déplorable. Il se rabaissait, forçant sa pensée à s'intégrer dans l'orbite de cette bande, lui, tellement plus intelligent, tellement meilleur écrivain, surtout ! Devant ma télévision, je l'engueulais. Je l'aurais voulu parfait. On est toujours idéaliste pour les autres.

une meilleure intervention (passée inaperçue à cause du bruyant ratage de l'émission)

Je l'ai mieux aimé dans son délicieux commentaire de :

interprétations toutes fausses

Un de ses défauts est son manque de dureté en amour. Plus c'est allé, plus la rupture avec Lucie a été douloureuse.

La semaine dernière, elle a exposé *Mystères domestiques*. Les gens qui 1) veulent avoir l'air de connaître les dessous et 2) se délectent du déplaisir d'autrui ont imaginé que chaque intervention était une allusion à cette rupture dont tout le monde avait fini par savoir qu'elle avait été voulue par elle, Lucie. La porte d'appartement sur son chambranle, fermée, avec un petit tas de plâtre devant, est supposée révéler ironiquement qu'elle a claqué la porte de leur vie commune. Les très grandes photos de nuit en plein jour, où, sous un ciel ensoleillé, les voitures sont dans le noir, ont été interprétées comme raillant l'écrivain enfermé dans son sujet. Rien ne le prouve, mais on est en France. On a envie 1) d'avoir raison à tout prix ; 2) de le faire au moyen des mœurs. Cela s'effectue toujours en faveur de celui qui prend la parole. En France, qui se tait a tort. Et l'hologramme de deux mètres sur trois, au centre de l'accrochage, qui représente un majeur en très gros plan montré à, plus loin, deux cygnes en serre-livres sur un lac trop bleu ! On a dit que c'était « l'ultime insolence » de la femme abandonnant un amour fade. Or, cette œuvre, j'étais là quand, il y a bien des mois, Lucie en a montré à Xabi le projet sur son ordinateur : 1) le doigt est celui de Xabi (un doigt fin, légèrement tordu à la première phalange) et 2) il symbolise sa détestation de la nature, qui amusait cette femme faisant de la varappe le week-end dans la forêt de Fontainebleau. Rétrospectivement, ce qui me frappe, c'est la réinterprétation sud-américaine par Lucie du *Dream Passage with Four Corridors* de Bruce Nauman (1984). Quatre corridors blancs vivement éclairés par des néons de couleur mènent à un croisement où se trouvent une table et quatre chaises que surplombent quatre chaises à l'envers, donnant la plus forte impression de torture que je connaisse. Lucie y a ajouté un parasol et du sable où est écrasé un mégot de havane, allusion (très fine !) à Cuba, et on entend Fanny Ardant lire ce poème :

Dictature de bord de mer

Les maracas versaient du sucre
dans le cœur de l'assassin
au fond d'une cave où le stupre
s'ébattait sous le régime ancien.

Brûle un cigare qu'on fumait :
plus de roulette au chant de merle
mais lent un sang qui gicle en perles
torrent adoré du bourreau des étais
qui font tortue un corps meurtri.
Ah, l'air gai ! le son nostalgique !
Sachant le mal jamais puni,
il monte le son de la musique.

craquelures

À 25 ans, Xabi a vécu avec une femme plus âgée que lui et il en a une fille, j'ai été stupéfait. J'ai beau savoir que les écrivains, et lui en particulier, sont faits de peau et de sexe, j'ai tendance à penser à eux comme à de purs esprits. Une fille de 17 ans ! Il ne me l'a pas dit à Venise, mais quelques jours plus tard, au Nemours, nous en étions encore à l'étalage de pedigrees qu'on fait au moment où on lie connaissance. « Une amitié, c'est de l'avenir. Une famille, c'est du passé. J'ai horreur du passé », a-t-il dit, puis aussitôt : « Je te dis tout. On n'a pas encore atteint le degré d'amitié où la méfiance arrive. » Ça me l'a vieilli d'un coup, cette progéniture. Et, vu qu'il n'en a plus jamais parlé, il a bientôt rajeuni, quoique pas au point de revenir à ses six mois de moins que moi. La célébrité vieillit ceux qu'elle touche en semblant les faire entrer dans l'éternité.

a. feulant

Son histoire avec Lucie s'est craquelée. Il avait fait sa connaissance quelques mois après moi, dans une de ses fournées décennales de renouvellement de sa vie. Elle a confié à mille intervieweurs que, quand Xabi écrit un livre, il faut faire attention si l'on s'approche ; il feule comme une panthère qui aurait un nouveau-né à protéger. Ça passe aussitôt, mais on s'est dit, un instant, qu'il est seul, absolument seul, et que tout le reste, amante, amis, argent, carrière, reste accessoire. Lucie est du genre qu'on peut déranger en plein travail et qui t'accueille avec le sourire puis reprend comme si rien ne s'était passé. Je pense qu'elle n'a pas lu une ligne de Xabi.

b. rire

L'hôtesse éclate de rire à une chose que le steward lui a dite à voix basse. Xabi et Lucie, c'était dans l'autre sens. « Tiens, je le fais rire, se disait-elle. C'est une chose douce à se dire et mystérieuse à comprendre. En dehors de l'amusement, y a-t-il une signification à ce rire ? » Il n'y a pas dans celui de Xabi la moquerie de la faiblesse qu'on attache si souvent à cet acte. Lucie avait déduit que le rire peut être le résultat de « la découverte d'une partie jusque-là inconnue de l'imagination de l'autre ». Quelle surprise charmante ! On s'y abandonne. On rit de plaisir. Il reste un doute chez celui qui a provoqué le rire. « Et je restais intriguée de l'éclat, pour moi opaque, de son visage riant, ne sachant pas s'il était réellement question de moi là-dedans. Je me mettais à rire de le voir rire, par une espèce de panique. Voici ma clef, lui disait mon rire, est-ce la même que la tienne ? » Peu après le départ de Xabi, comme je l'ai croisée dans un restaurant où elle attendait *une amie*, elle m'a fait cette confidence et s'est aussitôt arrêtée. C'est une arrêteuse, Lucie. On dirait même qu'elle n'entreprend des choses avec les gens que pour les arrêter, et faire souffrir. Elle, paniquée ! La femme la plus dure de Paris ! Qui n'entrouvre ses lèvres archifines que pour laisser passer des persiflages ! Son rire à elle ! Elle ne rit pas, elle gicle du citron.

rupture

Elle portait un jean à taille basse : « Ce n'est pas un jean, c'est un blasphème », a dit Xabi. Notre narquoise a été choquée. Elle est très pieuse. Ce n'est pas pour rien si, dans ses interventions, il y a tant d'ex-voto en latex, de Saintes Vierges découvrant un sein et de Sacrés-Cœurs dégoulinant de sperme. Le blasphème est une forme exaspérée de l'adoration. Elle a raffolé, le lendemain du dîner au restaurant avec l'ami vénézuélien où elle avait refusé de venir (selon Xabi postrupture, car le soir du dîner il n'a pas une seule fois parlé d'elle), du blasphème espagnol que Xabi lui en avait rapporté : « Me cago en Dios. » Je me chie en Dieu. Faut-il être pieux pour inventer des jurons pareils ! Et c'est peu après ce compliment sur son pantalon qu'elle a rompu. Comme Xabi ne m'a rien expliqué non plus de la rupture au Nemours (et pourtant il venait de l'apprendre, le matin même), j'ai attribué son regard mélancolique à une sortie incertaine d'un manuscrit, le fameux livre en cours qu'il n'arrivait pas à écrire. De cela il n'a pas plus parlé que de ses amours froissées, mais moi, j'ai pensé au jour pas si ancien où il avait longuement évoqué Truman Capote, l'écrivain américain, incapable de finir le roman qu'il se vantait d'écrire, ça allait faire mal, tout sur la vie mondaine de New York ! – et quand il est mort on n'a rien trouvé. Sa vantardise avait été le pansement de l'impuissance.

Version Lucie : elle l'a quitté car il préférait les mots. « J'ai accusé la philologie d'être sa maîtresse, jusqu'à ce que je me rende compte qu'elle était sa femme. » Je me suis dit : « Que la femme de la vie d'un artiste soit son art ne l'empêche pas d'avoir *aussi* des maîtresses. » Je l'avais vu entrer à l'hôtel du Louvre avec une inconnue, qui, physiquement, ressemblait assez à Lucie.

Il y a aussi que Lucie est lesbienne. Il le savait en la prenant, elle me l'a dit. Sans doute a-t-il rêvé de la convertir. Telle est la vanité des hétéros. À moins que, tout au contraire, se fichant de ramener ces étrangères dans leur troupeau, ils espèrent en découvrir des délices, les femmes aimant les femmes en sachant plus sur le corps des femmes que les femmes aimant les hommes. Impérialisme du narcissisme ou naïveté de la libido. Ce que j'en ai su, si on sait jamais ce qui se passe dans les remous des draps, c'est Lucie qui me l'a dit ; dans les trois années où ils ont vécu ensemble, Xabi ne m'a pas dit un mot sur la question. Quand elle est partie avec la célèbre présentatrice de journal télévisé, il a peut-être été vexé, mais j'en doute. Ce qu'il a été, c'est malheureux. Le loquace est resté des soirées entières, au Nemours, sans rien dire, à tourner son porte-clefs en rond sur la table.

Quand j'ai appris le métier de la nouvelle amante de Lucie, je me suis dit (et j'ai peut-être un peu dit) : « Pour cette femme, les lits sont des marches. » Quand elle m'a exposé la raison officielle de la rupture (peut-être vraie, après tout), je me suis dit : Xabi est un homme dont le talent a dévasté les amours.

L'amour nous inscrit un nom dans le cœur. Le nom de Lucie, Lucie, Lucie, était tatoué tout autour de celui de Xabi. Le nom a été arraché. Philologue, et résigné, il l'a remplacé par un autre. Chávez est le nom de son échec. La politique a été la déception de l'amour. Je l'ai deviné un jour que, seul à la terrasse du Nemours où, même si on ne se voyait plus, je continuais à me rendre, d'abord dans l'espoir de le croiser, puis, après son départ, par une sorte de pèlerinage, je songeais à son impertinence contre l'ordre quand il marche au milieu des rues. C'est incroyable comme l'être humain est opaque. De loin, on en comprend tout. Ah ah ! il est comme ci ! il est comme ça ! Cette ombre chinoise nous enchante par l'intelligence qu'elle nous confère. Et, plus on se rapproche, moins on comprend. C'est à cause des nuances. Je comprends maintenant la phrase de Balzac qu'il aime tant citer : « La nuance, ennemie de la finesse. » Loin ou proche, le Xabi que je rapporte est le Xabi que je connais, c'est-à-dire s'étant comporté comme il s'est en partie comporté parce qu'il était en ma présence ; il aurait été partiellement différent avec un autre. On n'est jamais seul, ou, seul, on n'existe pas, quand on n'est pas un créateur. Voilà pourquoi nous nous ennuyons seuls, et pas les artistes. Et voilà comment l'impossibilité de deux solitudes créatrices a engendré la rupture qui a bouleversé le plus humain des deux. Personne n'a menti dans cette affaire, mais l'un a été plus blessé que l'autre, à cause de la conjonction de la rupture, d'une émission de télévision violente et d'une stérilité littéraire. Ce qu'il a dit à Venise sur l'essai intitulé *La Conquête du roman* et que la conquête du roman, ça aurait consisté à en écrire un, est-ce que ça ne pourrait pas s'appliquer à lui ? Ne sachant pas comment écrire son livre, il se serait accroché à Chávez ? Parlant de Truman Capote, il m'a dit, ah, tout me revient par bribes, maintenant que je crois comprendre où éclairer : « Un écrivain qui n'a plus d'idée de forme se trouve un sujet. »

mon homme

Je raconte un homme. Ce que je raconte, c'est *mon* homme. Voilà ce qu'un honnête mémorialiste devrait dire. Si ce voyage me sert à autre chose que d'aller à la rencontre de mon chagrin, ce sera de constater l'impossibilité de toute biographie. Le mieux que l'on puisse faire, c'est de raconter les moments d'une vie tels qu'on les a connus, en tentant le plus honnêtement possible d'en ôter les échos sur soi, tout ce qui flatte le sournois narcissisme. C'est pour l'autre qu'on est là.

Ou alors il faut reconstruire complètement la personne et en faire un personnage, comme Sartre dans son livre sur Jean Genet, *Saint Genet, comédien et martyr*. Ayant rapidement observé Genet, il en démonte la personnalité avec assurance, car il sait toute chose, lui, Sartre. Et son Genet n'a rien à voir avec Genet. Ce qui n'a pas d'importance. C'est un livre génial. Un portrait de l'arrogance de Sartre. Et de son intelligence. Et *un* Genet bien meilleur, grâce à ses partis pris, que les bouillons clairs des livres sans pensée. Son seul vrai défaut, à mon sens, est le titre. Ah, le pédantisme facétieux des normaliens. Ne se rendent-ils pas compte qu'il les rend fatigants ? Est-il un élément de leur arrogance ? Saint Genest était (source : Xabi) un comédien de la Rome antique décapité pour s'être converti au christianisme sur qui un dramaturge du XVIIe siècle (même source) a écrit *Le Véritable Saint Genest, comédien et martyr*. « Le normalien veut prouver son érudition d'une manière qu'il croit légère, m'a dit Xabi comme j'arrivais avec ce livre au Nemours. À part ça, un livre génial, tu as raison. Le meilleur roman de Sartre. » Ah sans doute. Il y *imagine*. À la fin, pensant avoir analysé un homme, il a inventé une créature. J'allais dire qu'il a tenté le mythe, mais c'est le contraire. Il chasse le halo légendaire qui entourait Genet. Je ne veux rien faire d'autre avec Xabi, déjà célèbre, c'est-à-dire voguant sur des approximations, et qui deviendra un saint ou une star s'il a bel et bien été assassiné. Pour Sartre, il n'y a que la raison. Quel repos ! Par cette façon de trouver des causes, il humanise Genet, tellement pourri de pensée magique. Trente ans après son livre, Genet est allé à Chatila, le quartier des réfugiés palestiniens de Beyrouth, et il en a rapporté un article ignoble. Le mot « beauté » y revient 18 fois, de la façon la plus imprécise et, à la fin, la plus risible. « Sur les bases palestiniennes, au printemps de 1971, la beauté était subtilement diffuse dans une forêt animée par la liberté des fedayin. » Et je passe le passage que lui a fait couper la revue, « le peuple juif, bien loin d'être le plus malheureux de la terre [...] a fait croire au génocide alors qu'en Amérique, des Juifs, riches ou pauvres, étaient en réserve de sperme pour la procréation ». Quelles que soient les raisons que Sartre aurait pu trouver à ces bassesses mordantes, elles n'auraient pas pu l'excuser. Si le grotesque fanatisme de Genet le disqualifie au regard des historiens, il reste efficace pour la propagande. Les groupes fonctionnent à l'émotivité. Et sa responsabilité est là. Les écrivains ont du charme, et parfois trop d'étourderie. On dirait que, n'ayant jamais écrit sur la politique, Xabi s'est précipité au Venezuela pour pouvoir à son tour dire des âneries prestigieuses, même si, politiquement, elles auraient été le contraire de celles de Genet et de Sartre. Elles n'auraient pas été moins à la mode, maintenant que, dans le mainstream, tout le monde est à droite. Oui, je tenterai de le libérer de toute légende, si j'écris ce livre sur lui. Et d'abord de chasser les rengaines qui ont servi sa célébrité et nui à sa pensée. « L'homme qui aimait les mots. » « Le fils de Deleuze et de Casanova. » J'ai tort de les répéter, cela les renforce. Ce qui a passionné Xabi dans ce *Saint Genet* que j'ai lu à cause de lui est la philosophie des noms. Sartre y dit que les faibles sont ceux qui les subissent. Les puissants nommeurs assignent à leurs victimes des rôles dont, ce faisant, ils les empêchent de sortir. Il est plus commode à la société d'avoir affaire à des rôles qu'à des personnes. Les premiers sont immuables, les dernières, désobéissantes.

Sur un de ces noms, il y a la note en bas de la page 53. « Chacun d'eux s'est fait au moins une fois dans sa vie traiter de "pédé" et le nom est resté gravé dans sa chair. Il médite à perte de vue sur un mot. » Adolescent, un garçon de mon école m'a jeté ce mot au visage comme une gifle. J'en ai été meurtri pendant des années. Il m'avait rejeté dans une tribu méprisée. Elle se cache dans un placard. Certains ne réussissent à s'en évader qu'à coups de pied, que les hors tribu appellent des « provocations ». Ah ! il leur est facile d'être polis, ce sont eux qui fixent les règles de la bienséance. Ce mot m'aurait créé un destin, si je ne m'étais révolté, et d'abord contre moi-même qui l'avais longtemps accepté. J'ai profité des militants que j'avais jugés fous, et qui avaient accompli cette salutaire insolence, choisir un mot afin de se nommer librement ; et voilà pourquoi « gay » exaspère les homosexuels honteux et les hétérosexuels estimant déjà très bien de ne plus nous faire traiter psychiatriquement. « Les gens de pouvoir n'aiment pas qu'on se dénomme soi-même », a écrit Xabi sur quelque chose sans rapport avec mon sujet. Je l'y mets. C'est ça, un grand écrivain… Pourquoi « grand » ? Quel petit homme vexé a créé cette notion de grandeur, laquelle serait meilleure que la petitesse ? Ce qu'on appelle un « grand écrivain » me paraît moins grand que, disons, moiré. Il inclut tellement de nuances dans sa pensée qu'il permet mille interprétations différentes – c'est-à-dire qu'il semble contenir toutes les nuances de la vie, contenir la vie entière, *être* la vie. C'est l'effet que m'a fait Xabi la première fois que je l'ai lu, c'est l'effet qu'il continue à me faire. Je viens te chercher, mon ami.

aucun homme n'est une œuvre

Même si je t'ai bien connu, toi dont je parle, c'est moi qui t'ai connu. Fouillant dans la mémoire de mon ordinateur et dans la mienne (la première trompe moins, n'ayant pas été rendue oublieuse par les douleurs, orientée par les plaisirs, trompée par le moi modifié par sa réflexion sur toi), je me rends compte que, s'il est impossible de raconter complètement la vie d'un homme, c'est que la complétude n'existe pas. Aucun homme n'est une œuvre avec un début, un milieu et une fin. C'est l'illusion des *Saint Genet* et des romans de nous le faire croire, et de le croire. Les romans sont la perpétuation sous une autre forme de la tragédie antique. La maison Destin, toujours. Les hommes veulent se rassurer en se disant que leur vie a un sens, que dis-je ? une forme. Les hommes sont des désespérés esthètes. Ils s'en doutent, peut-être, quand ils achètent des romans ou ces impossibilités, les biographies. Ils croient les biographies vraies parce qu'elles sont composées de faits ; mais précisément, elles ne sont composées que de faits.

Il n'y a pas tout ce qu'on ne connaît pas, les actes cachés, les mauvaises pensées, les bonnes, les élans, les remords, la conscience. Ce serait plus équitable. L'équité n'est cependant pas juste : le remords compte plus que les mauvaises pensées, car il montre que la conscience n'est pas morte. Cela dit, la conscience demeurée dans le for intérieur ne suffit pas. Il me faudrait élaborer des interprétations, des imaginations, tout ça, pour combler la terrifiante exactitude. Comme ami de Xabi, je l'ai accepté tel quel ; comme lecteur, je voudrais une vie logique. Xabi, as-tu voulu faire une œuvre de ta vie ?

d'en haut

Nous arriverons dans deux heures. Toujours l'Océan. C'est une plaque bleue avec des friselis blancs. L'Ennui. L'Ennui même. L'Ennui matérialisé. Le jour où l'Océan aura tout recouvert, le monde sera fini. Une épaisseur sphérique de cent kilomètres d'eau glaciale où fluctueront de vagues filaments sera suspendue, haineusement tranquille, dans l'univers. Le silence éternel de cet espace fini ne l'effraiera pas. Ce sont la vie et ses désordres qui inquiètent les pouvoirs établis, et les dieux savent si les systèmes planétaires sont des pouvoirs établis. De temps à autre y surgit un météorite nommé, disons, Lénine, mais, une fois passée la violente bousculade, le billard se fige à nouveau, le météorite ayant accompli son rêve de devenir une grosse boule obèse et immuable comme les autres. Bientôt, dans nos hublots, apparaîtront les formes de l'Amérique du Sud. À quoi ressemblent-elles ? Je ne m'en souviens plus. Dans un roman japonais, le narrateur note que, au clair de lune,

« les chevalets de séchage des rizières projetaient leur ombre nette ». Quelle ombre peut créer un chevalet de séchage japonais ? Une ombre en forme d'idéogramme, bien sûr. Chaque paysage simplifié par la nuit ou la distance ressemblerait-il symboliquement à son pays ? Vue d'en haut, la France est un agrégat de petits rectangles secs et précis, correspondant bien à notre esprit aimant le sec et le petit. Les îles grecques… Ne forçons pas l'interprétation, dirait Xabi. « C'est le signe des esprits faciles de vouloir prouver à partir de l'évidence. » Ce que j'ai toujours trouvé d'admirable chez lui, c'est que, à part une ou deux tactiques que j'ai déjà signalées, il n'écrit pas pour se faire admirer des sérieux. Les revues pour professeurs d'université en sont gênées. Ils se demandent s'ils ne devraient pas penser que son humour invalide (comme ils diraient) les brillants passages philosophiques. Pour eux, la preuve de l'intelligence est dans la balourdise.

Au Nemours, il a dans une même réplique envisagé d'écrire un livre laborieux et renoncé. Des chapitres de reportage sur Hugo Chávez auraient alterné avec des chapitres d'analyse de la mentalité des tyrans à partir d'un roman écrit par le seul écrivain vénézuélien devenu président de la République, Rómulo Gallegos. Dans *Doña Bárbara*, un jeune avocat retourne dans sa région natale d'Apure, au sud-ouest du pays. Ce sont les llanos, plaines herbeuses, terres à cow-boys et à tragédies rustiques. Voulant vendre la sienne, l'avocat se rend compte qu'elle est passée sous le contrôle de la terrible Doña Bárbara (« On dirait "l'impitoyable Karine de Montfort" »), métisse qui passe pour avoir pactisé avec le diable et terrorise la région. Elle devient amoureuse de l'avocat. Il préfère la fille de son cousin, une victime de Doña Bárbara, devenu pauvre et alcoolique. La terrible Doña Bárbara perd la lutte et quitte le pays. « C'est assez con pour avoir donné un livret d'opéra », a dit Xabi. J'ai vérifié en rentrant chez moi, c'était en 1966. Le roman datait de 1929. Le Chávez d'alors, Juan Vicente Gómez, nomme Gallegos sénateur, mais celui-ci s'exile. Il revient pour être ministre de l'Éducation nationale et se faire élire président en 1947, dans ce qui passe pour la première élection plus ou moins régulière du pays. La civilisation démocratique arrive ! s'enchantent les modérés, qui n'écrasent pas l'Amérique latine de leur surnombre. Investi en février 1948, Gallegos est chassé par un coup d'État en novembre. Le Venezuela est un des pays les moins littéraires du monde, comme il est l'un des moins religieux, l'un des moins attachés à quoi que ce soit de l'esprit. Ce pays de consommateurs, ce pays frivole, y compris envers ses intérêts. Il est donc facile que : à chaque génération un Chávez. *Doña Bárbara* aurait fourni à Xabi des échos, en effet, faciles. La preuve par le passé, le déterminisme. « C'est un roman moite où les hommes disent tranquillement qu'ils viennent de tuer leur frère. Physiquement, Gallegos ressemblait à Jorge Luis Borges, mais littérairement il avait un talent à la Gabriel García Márquez. Tu vas voir le chef-d'œuvre inouï que je vais écrire à Caracas ! »

nos Racine

Et donc, je n'établirai aucun parallèle entre mon voyage et des livres ressemblants, comme je ne sais quel roman de Graham Greene, ni, pour faire le malin, celui de Beckett dont les personnages qui doivent partir ne partent jamais. Je le trouve plutôt comparable à *Andromaque*. Je suis allé le voir hier soir à la Comédie-Française. Avant le départ, une piqûre de France en plus du vaccin contre la malaria. Encore une imitation de Xabi. La veille du sien, il était allé voir cette pièce. Le lendemain, durant le dernier appel que j'aie reçu de lui, il était dans la salle d'attente de Roissy (« Je te rappellerai de là-bas »), il m'a plus ou moins dit ceci :

— Ce qui m'a frappé, dans cette pièce de jeunesse, ce sont les maladresses, les vers plats, les rimes banales et parfois machinales, et comme elle se relève très vite grâce à des vers prodigieux d'intelligence ou de finesse. Il faut tout de même savoir deviner, à l'âge de 27 ans : "Il veut tout ce qu'il fait ; et, s'il m'épouse, il m'aime." C'est la forme, n'est-ce pas, le rythme de l'alexandrin qui a aidé Racine à haler ces idées. Une idée n'existe pas en soi, il faut lui donner une forme ; la *formuler* (pardon d'insister). Chaque écrivain doit trouver la formule, non pas magique, mais raisonnable, qui charmera la pensée et la forcera à sortir, par curiosité, de sa lampe. La pensée est une abstraction attirée par l'homme comme un enfant par le pot de confiture. Et elle vient vers nous, non pour nous instruire, mais pour que nous lui plaisions. On doit la séduire, cette égoïste ! Racine fait ça merveilleusement. Quelles formules ! Quelles formulations ! "Le fils de tant de rois..." "À Pyrrhus, à mon fils, à mon époux, à moi..." Prodigieux de perversité, de mauvaise foi et de cynisme, ce Pyrrhus. On sent déjà le Néron de *Britannicus*. Et vers *Britannicus* Racine va, et vers *Phèdre*, et vers *Athalie*. Même Racine a progressé. Ça rassure.

Dans mon fauteuil de théâtre rouge et étriqué, seule la couleur différant donc d'un fauteuil de classe Éco, comme je savais que je partirais à la recherche de l'homme qui m'avait dit cela, un homme enlevé par des voyous ou des miliciens, un homme mort peut-être, tintaient à mon esprit les vers résonnant avec cela ou avec lui :

> Je t'ai cherché moi-même au fond de tes provinces.

> Je meurs si je vous perds ; mais je meurs si j'attends.

L'homme qui, dans son premier livre – *Aposiopèse* – il avait lui aussi 27 ans –, avait su deviner, inventer, enfin, formuler :

> Qu'« arme » soit une rime à « larme » a créé la tragédie française.

Dans ce livre, il se moque des « racines », idéologie de l'inquiétude petite-bourgeoise, selon lui : « Je ne suis pas une plante en pot. Ma racine, c'est Racine. » (Si on passe à Racine ses facilités de jeune homme, on les passera à Xabi, peut-être ?) Les écrivains se créent par leurs lectures, ce sont elles qu'il faut chercher si on veut les trouver. Pour Xabi, c'est Racine, le moiré, le fin Racine, qui a cru qu'il pourrait ne pas s'abaisser devant le pouvoir ; et Xabi est allé vivre le contraire de Racine – sous la lumière de qui il s'était placé dans ce chapitre qu'il conclut :

> La conséquence de l'amour, c'est la vengeance.

Ah, Lucie ! Les chagrins d'amour font de la mauvaise politique.

ombre de sa main

À mon avis, le portrait le plus important de leur vie commune n'est pas celui de Lucie nue, mais un autre, que personne n'a commenté pour des raisons absolument contraires. Dans *Ombre de ma main*, on voit la tête de Xabi en deux mètres sur un (non retravaillée, au contraire des autoportraits, où aucun pore de la peau de Lucie n'apparaît) ; sur les trois quarts de ce visage beau quand même, avec la virgule de sa cicatrice au menton, est comme collée la grande ombre d'une main. C'est celle de Lucie. Elle a voulu montrer qu'elle avait pris possession de lui. Et c'est juste après cette exposition (au vernissage de laquelle elle est allée dans le jean à taille basse qu'il avait raillé) qu'elle est partie. Apothéose de la domination, dirais-je. Je suis arrivé à te soumettre, je t'en méprise, je pars.

La critique sérieuse n'a pas commenté cette photo pour ne pas avoir l'air de tomber dans le piège du couple célèbre, s'attardant en revanche sur le nu de Lucie comme pour prouver que l'on peut parler de ces choses sans être lubrique ; les magazines grand public ont quant à eux montré (sans un mot, l'analyse les intéresse moins que le mélodrame) cette photo de Xabi à côté d'une autre photo de Lucie (le nu de face sans posture lascive n'est pas le genre de nu qui amuse leur clientèle), en légendant sur leur célébrité.

confidences

La queue morose à l'arrière des avions. Une femme allongée sur trois sièges dort, l'air irrité, se protégeant de la climatisation par une couverture trop courte qu'elle retient de ses doigts en crochets. Appuyé contre la têtière d'un fauteuil, on rentre le ventre pour faire place à ceux qui veulent aller voir la vue par le hublot arrière. On attend. On regardote par-dessus l'épaule des passagers assis. On semble au bord de la complicité.

Et non.

La qualité des gens se mesure au type de leurs confidences. Les explications de la vie qu'a mon rédacteur en chef sont réduites au sexe, et, en sa présence, on se trouve face à une conception basse de la vie. Il est en confiance. Son vocabulaire se relâche. Ce n'est pas beau à voir. À voir, à voir. La bassesse des mots reflète une bassesse de la vision des hommes qui est une bassesse de l'homme qui a cette vision. Il refuse de faire semblant de croire à la possibilité d'élévation dans l'homme. Ce faisant, il ne lui donne pas cette possibilité. Son visage écœuré par une humanité qui, croit-il, confirme l'idée qu'il lui impose, se transforme en une chasse d'eau roulant de la merde. Les confidences de Lucie, si crues, je me demande si elles n'étaient pas une forme de mépris. Quelle estime a-t-on pour une personne à qui l'on avoue sans gêne tant de choses gênantes, comme si elle n'était qu'un réceptacle, disons le vrai mot, une poubelle ? Xabi 1) fait peu de confidences ; 2) quand il en fait, elles sont superficielles. Ça me plaît. Nous avons été proches pour autre chose que la trompeuse intimité. On le trouve secret, il me semble précautionneux. La seule fois où il s'est intéressé à son passé dans un livre, et ça a été bref, les deux pages sur sa cousine du Boulou, ce passé a ressurgi du gouffre, semblant vouloir le tirer vers lui, « là, tout au fond ». Et la cousine, et tous les autres, cousins, cousins des cousins, amis du lycée et amis des amis, qui, détestant d'être là-bas, loin dans le temps, et aimant bien Xabi (du moins le disaient-ils), l'ont sollicité, conférences sur place, signature librairie place Gambetta, portrait *Midi libre*, le passé, le passé, il en bâillait, il le devinait, il a tout annulé. « Quand on cherche ses racines, elles vous trouvent. »

Il est rare qu'il parle de Perpignan. Il est rare qu'il prononce ce nom, devrais-je dire pour être exact comme il nous l'a appris. (Le fameux « Parler *stretch* », dans l'*Organon*. « Au plus près, non pas du sens, nous ne sommes pas si savants que nous connaissions *le* sens, mais de ce que nous voulons dire. Le serrer. ») Nommer, pour lui, c'est faire exister. En ne nommant pas sa ville natale, il l'a effacée. J'ai enquêté. Rien de spectaculaire. Il n'y a souffert qu'occasionnellement et par excès de sensibilité, je pense. Une mère gentille quoique angoissante à force de banalité. Un père dont il m'a en tout et pour tout dit : « Un homme si raffiné, non, si délicat, non, sûrement pas, si civilisé que, s'il est chez lui en tenue négligée et qu'on lui annonce un décès par téléphone, il demande qu'on le rappelle. Cinq minutes plus tard, il est en costume-cravate, prêt à recevoir l'annonce dans une tenue appropriée. Quel tartufe ! » Après avoir malaxé son porte-clefs : « Et sans pitié. C'est un homme dur que seul le chagrin rend humain. On ne cesse de lui souhaiter des malheurs. » Et c'est à cet être et à lui seul qu'il a envoyé des nouvelles depuis qu'il est parti. Me croira-t-on jaloux si je dis que cela me semble une preuve de l'indifférence de Xabi envers lui ? Selon moi, mon ami s'est confié à quelqu'un dont les réactions lui sont égales – et pour cette raison même. Ou plutôt, il a fait du confié, comme on dit dans le commerce ; mis en dépôt quelque chose de valeur chez quelqu'un qu'il sait honnête.

La correspondance des écrivants, j'ai fini par comprendre qu'elle n'est souvent adressée qu'à eux-mêmes. Des brouillons, des tentatives, des explications de texte pour l'éventuel posthume. Ce comportement apparemment non amical est amical, puisque ces textes ont été envoyés *quand même*. Ou je me trompe et son père l'intimide ? À lui comme à moi, sur Lucie et la rupture, rien.

J'ai appris par l'ami vénézuélien que, toute son enfance, Xabi a entendu sa mère lui chanter « Mon fils, ma bataille » de Daniel Balavoine. Je trouve intéressant qu'il ne me l'ait pas dit. Il a voulu me donner une certaine idée de lui-même. Il se fait une certaine idée de moi, et donc de lui par rapport à moi. S'il l'a confié à l'ami vénézuélien, c'est qu'il se fait de lui, sous un certain rapport, social peut-être (une chanson populaire), une idée plus confiante. Cela révèle quelque chose de lui-même, de ce qu'il croit de moi, de ce qu'il croit de l'ami vénézuélien. L'homme varie selon ses interlocuteurs. Oh ! Faibles variations, secrets mineurs. Puisque ce sont des secrets. Sauf chez les criminels et chez les hommes dont la carrière se fait par la dissimulation, ce que l'on cache n'est pas plus important que ce que l'on montre. Tiens, c'est moi, dans le miroir des toilettes étriquées de l'avion. Mon genre agriculteur. L'homme à menton fort, paisible et démodé. Des éléments du visage séparément réussis qui, réunis, forment un ensemble manqué. Le contraire de Xabi. À plus tard, moi de mon miroir opaque à mes yeux ! J'ouvre la porte et la femme qui dormait m'observe, longue, grise, lugubre, un cierge fondu.

doubles visages

Le petit brun dort appuyé sur sa tablette, son bras tatoué pareil à un serpent servant de coussin à sa tête. Il se réveille d'un coup, tourne la tête vers moi, comme s'il savait que je pensais à lui. Que c'est étonnant ! Ce beau de profil est laid de face. Comment peut-on avoir deux parties de soi aussi différentes ? Est-ce toi, Janus, dieu à double visage, qui voyages à bord d'un aéronef d'Air France afin de me faire je ne sais quel signe ? Il n'y a jamais de signe, jamais de prémonition. Ce ne sont que nos pauvres esprits éperdus qui se rassurent en faisant des liens sans raison entre des faits sans rapports. Personne, personne ne répondra à la triste querelle de l'ami qui va chercher l'ami parti étudier une des incarnations politiques de notre période double, mélange de dictature et de rigolade, de réaction et de porcherie. Serai-je un jour consolé ? Cesserai-je d'en vouloir à Lucie ? Pourrai-je… ?

Le message reçu par M. Puig est peut-être un faux. L'ambassade de France à Caracas n'a été avisée d'aucun décès, et la police locale a déclaré ne rien savoir. L'ami vénézuélien est très pessimiste. Nous ne savons rien depuis quinze jours. Au fait, nous ne savons même pas s'il est vrai que Xabi a été enlevé. Aurait-il pu vouloir disparaître pour changer de vie ? L'ami vénézuélien est-il un agent chaviste ?

« Il n'y a pas qu'une seule cause aux choses », m'a dit Xabi à un Nemours. De fait, il n'y en pas qu'une à un départ dont je me demande soudain s'il n'a pas été une forme de suicide. Cette phrase, il l'a prononcée avec un subit accent de Perpignan, en ouvrant grand les « o ». « Il n'y a pas qu'une seule case aux chases. » Ces retours d'accent se produisent quand il est en confiance, c'est-à-dire en état d'enfance. Le reste du temps, il est dans un état d'adolescence : sur le qui-vive, fébrile, aux aguets. « Quel âge atroce », écrit-il en passant dans son dernier livre. Je me méfie des « en passant ». A-t-il été maltraité dans son adolescence ? Je n'ai pas osé le lui demander. Il y a des choses que l'on ne demande pas. On a tort. Les plaies continuent à suppurer, au lieu que le feu de la question, si désagréable soit-il, cautérise. La politesse nous tue.

les bavards font taire

Épitaphe de tout le monde, son dernier livre, n'a pas marché. Oubliant que, contre toute raison et l'avis de son éditeur (il l'a donné à un autre), il le publiait trois mois après *Théories de théories*, il a pensé que ses lecteurs lui en avaient voulu de s'être montré dans des magazines grand public, sans compter les tas de raisons qu'on ne sait pas. Ah si, tout de même, il a dit un truc rigolo pour expliquer son échec : « Les gens ne sont plus assez snobs. »

C'est à propos de ce livre que le jeune romancier qu'il estimait l'a traité de « frôleur de littérature », ajoutant : « La pensée dans un livre ne tient pas nécessairement aux mots compliqués, diachronie, aposiopèse. La pensée, ça peut être : "La mer, la mer toujours recommencée." Dans ce vers d'un grand poète, le redoublement du nom commun annonce l'idée de réitération *[tiens ? réitération n'est pas un mot compliqué ? a demandé Xabi]* que vient préciser le très simple adjectif "recommencée", d'ailleurs grammaticalement impropre, la mer n'étant pas à proprement parler “recommencée”, mais ce qui viole la grammaire enfante souvent du sens. L'homme qui a écrit cela avait beaucoup pensé auparavant. » « Il n'a pas tort, a dit Xabi en me passant le blog sur son téléphone mis à l'horizontale. La pensée peut être l'adjectif. La pensée peut être l'adverbe. La pensée est parfois ce qui est adjoint. Le mot à côté dégage le nom de son sens endormi. »

Le jeune romancier attaquait ensuite si violemment que je me suis dit : « Il veut tuer le père. » Il s'en prenait au passage sur *Hiroshima mon amour*. « *Hiroshima leur amour*, pourrais-je dire, si je pense à ma chère mère et à sa génération qui a tant aimé ce film », avait écrit Xabi, qui démontre (plutôt brillamment, je trouve, moi) que le mal décrit dans ce film est de nouveau aimé. « On crée des haines nouvelles en créant de nouvelles catégories de gens innommables, dans le très exact double sens du terme. On ne veut pas leur donner leur nom, on les trouve ignobles. »

Quatorze ans après la fin de la Deuxième Guerre mondiale, une actrice va tourner un film à Hiroshima où elle devient amoureuse d'un Japonais. Elle lui raconte son passé, à Nevers, pendant la guerre. Elle avait 20 ans. Elle a aimé un soldat allemand. À la Libération, on l'a tondue. Il fallait une femme pour raconter une histoire pareille, dit Xabi, et une femme qui avait été résistante, comme Duras. Elle a pu rappeler au public de 1959 la bassesse de la tonte des femmes. Même si, comme le dit l'actrice, son amant était un ennemi de la France, elle n'a fait que coucher avec lui. Et, dans l'hypocrite confusion entre le sexe et la morale, cette très confortable confusion, on a tondu ces femmes et pas les industriels qui avaient fait de la collaboration économique.

> Elle a eu à Nevers un amour de jeunesse allemand. Nous irons en Bavière, mon amour, et nous nous marierons. Elle n'est jamais allée en Bavière. Que ceux qui ne sont jamais allés en Bavière osent lui parler de l'amour.

« Tu vas démontrer que Chávez est un dictateur ? ai-je demandé à Xabi pendant que le soleil couchant dorait les grilles des immeubles de la rue Saint-Honoré, devant nous, dans la perspective du Nemours. Il s'en charge très bien tout seul. Et s'évente. Il y a deux ans, il était relativement obscur et assez populaire en Europe. Un an plus tard, il était moins obscur et plus impopulaire. Demain, même ceux qui continuent à le soutenir (de moins en moins bruyamment) l'abandonneront comme s'ils ne l'avaient jamais admiré et diront du mal de lui (de plus en plus bruyamment). Chávez passera. Tu te rappelles le sous-commandant Marcos ? » Qu'il était bavard, ce révolutionnaire mexicain des années 1990, et comme cela faisait frémir les intellectuels d'Europe rêvant d'adorer un chef ! Ce

« sous-commandant » ensevelissait les rédactions occidentales sous des messages aussi brefs et d'un style aussi concis, preste et honnête que des discours de Castro. Xabi : « Chávez ne passera qu'après avoir commis de grands crimes. » Moi : « Ne le flatte pas. Il voudrait atteindre à la réputation de monstre que tu lui ferais. » Xabi : « Ça ! Le XXe siècle nous a si mal habitués que, à moins de cinq millions de morts, nous ne voulons plus nous indigner. »

> Elle a eu à Nevers un amour de jeunesse allemand. Nous irons en Bavière, mon amour, et nous nous marierons. Elle n'est jamais allée en Bavière. Que ceux qui ne sont jamais allés en Bavière osent lui parler de l'amour.

À la fin du film, les deux personnages se disent : « Hiroshima. C'est ton nom. — C'est mon nom, oui. Ton nom à toi est Nevers. Nevers en France. » Et nous comprenons, dit Xabi, la tragédie des temps tragiques : les guerres, les destructions, ce qu'on appelle l'Histoire, détruit *d'abord* l'intime. Nous cessons d'être des individus pour devenir des symboles. On n'est plus une femme, mais une Française, on n'est plus une actrice, mais la France, on n'a plus de plaisirs, on n'a que des devoirs. La guerre est atroce parce qu'elle tue, mais aussi parce qu'elle prive les individus de leur individualité, de leur nom. C'est le but bien connu des dictateurs, qui classent leurs peuples en deux catégories : ceux qui votent bien et les ennemis de l'intérieur.

Xabi a eu à Paris un amour qui l'a abandonné. J'irai à Caracas, mon ami, et je me consolerai. Il n'est pas revenu de Caracas. Que ceux qui ne sont jamais allés chercher un ami à Caracas osent me parler de l'amitié.

Pourquoi n'y a-t-il jamais de films pour cinéphiles à bord des avions ? Les clients des compagnies aériennes ne seraient-ils que des snobs qui voudraient se distraire de leurs corvées terrestres avec *Bienvenue chez les Ch'tis* ? Ne pourrait-on pas leur donner l'occasion de regarder un film qu'ils ne loueraient jamais dans leur boutique DVD ? Où d'ailleurs on a le même goût déprimant que dans les avions ?

désobéir à son nom

« Le patron des Pétroles du Venezuela répond au nom de… » Xabi a bondi : « On répond à son nom comme un chien. On *obéit* à son nom. » Quelques jours plus tard, au même Nemours (nom ; évocateur pour moi seul de l'écrivain Xabi Puig ; si j'écrivais mon livre, les deux deviendraient, qui sait ? associés pour toujours), il m'a répété la même chose. Il répète souvent, quand il est préoccupé par une idée. « Voilà pourquoi j'aurais dû changer de nom. "Xabi Puig" ne serait pas resté mon "vrai nom" par rapport au pseudonyme qui aurait été un "faux". Ce que nous choisissons pour nous-mêmes n'est pas plus erroné que ce que les autres nous imposent. Tout est fait dans le monde pour organiser la servitude. Les mots sont les collaborateurs prévenants des pouvoirs, des eunuques qui écrasent notre liberté de l'obésité de leur définition. »

On sortait d'une exposition au Louvre (à deux rues du Nemours). Il avait été frappé par les surnoms des deux enfants aînés de Louis XV, des jumelles : « Madame Première, Madame Seconde. » La première, mariée à un infant d'Espagne, est devenue « Madame Infante » ; la seconde, célibataire, « Madame », pour signifier qu'elle était la fille aînée non mariée. Xabi : « On ne s'embarrassait pas de la personnalité sous l'Ancien Régime. On était quelque chose dans une hiérarchie, et le rang faisait la personne. Je me serais bien appelé Monsieur Deux, moi, à cause de mon frère aîné. » Et variation sur le pseudonyme qu'il n'avait pas pris. « Il n'aurait rien changé à mes idées ou à ma bêtise, à mon talent ou à mon absence de talent. On n'est pas son nom. Seuls les faibles le croient. » Il ne met aucun jugement moral dans le mot « faible ». On sait que, selon lui, il est normal que la faiblesse se cherche des protections ; sauf qu'elle le fait trop souvent dans les noms, pas dans la pensée. « Les gens de pouvoir changent de nom comme de religion, si cela leur permet de garder ce pouvoir. Les aristocrates, les conjoints des régnants, les totalitaires. Staline, qui était né je ne sais plus quoi. Et on devient ce surnom. » Il a enfin dit ceci, qui n'a été interrompu par rien, à peine une respiration, je ne l'interromps moi-même que pour signaler que l'apparence contradictoire de ces paroles avec la plupart de ses écrits vient de ce que c'étaient des paroles. Quand il parle, il teste. Ainsi donc, au Nemours, faisant tourner son porte-clefs, il a dit : « Pour éviter la maladie mentale ou qu'ils n'aient le moindre empire sur nous, il suffit d'accepter les noms. » Pourquoi est-ce que j'en parle au présent ?

crier

Heureusement aussi, dans les ordinateurs, il y a de la musique bien enregistrée. Dire que, pendant des années, dans les écouteurs d'avion, nous avons dû supporter ces sons de bonde de baignoire qui se vide, ces voix de beurre qui frit !

« Je te rappellerai de là-bas. » Il n'a pas répondu à mes messages, à ma lettre. Dans la messagerie de mon téléphone, je conserve son dernier appel. Il n'y dit rien. Ce rien devient tragique depuis que nous avons appris sa disparition. Qu'ils deviennent déchirants, ces mots d'une vie simple et qui rappellent précisément la vie, comme aucun événement spectaculaire ne pourrait le faire, passage à la télévision, article de journal, je ne sais quoi de lui en représentation ou en homme public ! C'est mon Xabi de café que je retrouve dans cet assez vieux message, antérieur à notre conversation de Roissy, j'avais oublié de l'effacer. « Salut, toi ! Dis, euh, ça t'embête si on se retrouve au Nemours à trois heures et demie plutôt qu'à trois ? À toute ! »

Sa belle voix de baryton légèrement voilée m'a touché dès notre première rencontre. Celle-ci n'a pas eu lieu la première fois où nous nous sommes parlé. La fois où on fait la connaissance de quelqu'un de connu, c'est généralement *sa* première fois, pas la nôtre. J'avais vu Xabi à la télévision, je l'avais entendu à la radio, j'avais pu me faire une idée de lui. Elle était bonne. Elle l'est restée. Sa voix, non médiatisée par un micro, plus proche, plus corporelle, semblant s'enrouler autour de son auditeur, m'a ému à chaque rencontre. Il n'est pas vrai qu'on s'habitue, si l'habitude signifie l'anesthésie des sensations. Peut-être qu'on s'habitue au mal, parce qu'on s'y force, tant il est répandu et puissant, afin d'y survivre, mais le bien ! Il a toujours été pour moi surprenant et délicieux. J'ai mis un certain temps à reconnaître que cette voix me rappelait celle de mon oncle gay, le seul être qui, dans ma jeunesse, par sa simple existence, m'a permis de me dire que je n'étais pas un monstre. Il y en avait donc d'autres comme moi, peu nombreux sans doute, discrets, mais d'autres. Cette discrétion nous a maintenus dans la servitude. Le seul moyen de sortir de la servitude, comme a dit Xabi, c'est le cri. Hurlez, il se trouvera quelqu'un pour dire : libérez-le. Par lassitude, peut-être, peut-être par bonté. Elle avait été endormie par le silence. Il y a donc dans les êtres quelque chose qui nous plaît non parce que c'est d'eux, mais parce que c'est d'*un autre*. Dès qu'on est deux, on est trois. Cette chose d'un tiers que je reconnaissais dans Xabi, cette chose de mon oncle, c'était une chose à moi ; je devrais dire : il y a dans les êtres quelque chose qui nous plaît non parce que c'est d'eux, mais parce que c'est de nous. Dès qu'on est deux et qu'on s'entend, on est un. Xabi est moi. Je suis Xabi.

la mélodie de la pensée

Enfant, j'ai adoré la voix de corbeau de la grande vieillesse. Elle me paraissait être le grincement d'un portail ouvrant sur des trésors de connaissance qui, si je ne les écoutais pas, disparaîtraient. Adolescent, ça a été la voix de sirop de pêche de Marilyn Monroe : l'amour que j'aurais voulu sentir couler sur moi. La première m'a été rappelée il y a quelques heures, à Roissy, lorsque j'ai entendu la voix graillonnant de tabac et d'angoisse d'un passager demandant à l'employé d'Air France si on pouvait attendre que sa femme arrive. La seconde, par la voix susurrante des hôtesses de l'aéroport, énonçant des messages auxquels on ne comprenait rien. C'est la France. Le pays des Sibylles sociales. Nous nous croyons égaux, les hiérarchies secrètes se dissimulent sous le miel. Et voici, dans mes écouteurs, la voix de la vieille chanteuse de variétés, si rauque quand elle était si claire, jeune. En vieillissant, les bouches s'ouvrent comme des tombes. Cette femme a, de même, l'œil glauque, qu'elle avait clair quand elle était jeune. Vieillir, c'est ternir. « Je deviens ce parquet déverni et rayé », m'a-t-elle dit quand je l'ai interviewée. L'emphysème hachant sa voix annonçait sa mort. Hep là ! j'arrive ! semblait dire, du fond du corps de cette femme, la Tueuse de tant de talents. A-t-elle pris Xabi ?

Étienne Daho en concert, maintenant. On croirait un sèche-cheveux. Vivent les voix mal assurées qui ne s'imposent pas. Pas les voix des machos, des Chávez. Elles leur servent à se plaindre qu'on ne les aime pas. Machos geignards, ça va souvent ensemble ! La voix parlée est un chant, je ne sais si les électeurs de Chávez s'en rendent compte. Il les séduit par sa voix grave modulée par des aigus destinés aux émotions. On ne l'écoute plus. On le boit. Les grands tyrans sont des sirènes. Dans leur dos, la clef de la chambre à gaz.

La belle voix de baryton légèrement voilée de Xabi, voici d'où elle vient. À la suite probable d'une hémorragie des cordes vocales qui s'est résorbée en œdème, une de ces cordes vocales a conservé l'œdème, plus dur qu'elle. Son frottement sur l'autre corde vocale, de forme régulière, produit une double harmonique. Le médecin a refusé d'opérer, pour la raison que, supprimant l'œdème, il banaliserait la voix en la rendant monocorde. Dans notre monde d'hyperparole, il serait difficile à un intellectuel comme Sartre, avec sa petite voix nasillarde et sèche de pivert, d'être populaire.

Il y a aussi ce que Xabi dit. Le sens transmis par cette voix. Il multiplie le charme. Tout le monde n'est pas comme les brutes qui remuent la queue à partir du moment où on emploie un ton excitant, même si c'est pour dire : « Couché ! » La voix de Xabi est séduisante parce qu'il a pensé. Tiens, cinq ou six sonneries excédées appelant une hôtesse. Elles me font me rendre compte que, entre les annonces de départ et celles d'arrivée, on ne nous dit rien, dans un avion. Un passager est seul, comme dans la vie, peut-être.

heil bébé !

Au dernier rang de l'appareil, où les dossiers ne peuvent pas s'incliner, près des portes des toilettes où les gens patientent en donnant des coups de genou à votre accoudoir, il ne manquait au bonheur de ce passager solitaire que d'être assis comme il l'est à côté des parents d'un enfant mal élevé. La molle mère laisse hurler ce fils qui réclame ci ou ça, jouer, boire, marcher, prendre, prendre, marcher, boire, jouer, vouloir – vouloir ! – et surtout empêcher ses parents d'être libres, tandis que le père maintient une posture hargneuse. On sent bien que, si le voisin anéanti demandait du calme, il s'entendrait aigrement demander s'il aime les enfants. Il y a des tyrans de toutes sortes. Celui-ci terrorise sa portion d'avion comme un Chávez, et le niveau d'irritation ou de passivité auquel peuvent conduire ces petits casse-pieds est un résumé de l'histoire des peuples. L'un d'eux apparaît, il prend toute la place sonore et fait oublier tout ce qu'il y a autour, une très grande majorité de gens décents, attentifs, courtois, patients. Ils ont tort de l'être. Bientôt le criard, aidé d'une minorité infime mais active, conduit l'avion vers le pire. Contre la jambe de cet enfant dont je vois le nez s'aplatir, les narines s'élargir, les lèvres s'épaissir et les yeux rétrécir, lui donnant un air de masque indien, et qui se met à sourire en chemise rouge et en tendant les bras en l'air, une petite fille lève vers lui un regard admiratif. C'est sa petite sœur soumise, la charmante Démocratie.

une lesbienne disparaît

« Tu connais une femme seule. Elle sort, va au restaurant, te téléphone, t'invite à dîner chez elle en compagnie d'amis, te demande si tu veux aller avec elle au cinéma. Un jour, elle décide de "vivre son homosexualité". Eh bien, elle disparaît. Disparaît positivement. On ne la voit plus. Plus de cinéma, plus de dîners, plus de sorties. Que dis-je, on ne la voit plus ? On ne l'entend plus, on en perd la trace. Elle a sur l'instant cessé de téléphoner, de se montrer, et même, dirait-on, de vivre. Si j'étais cinéaste au lieu d'écrivain, je ferais un film sur Lucie dont le titre, parodiant celui de Hitchcock, serait : *Une lesbienne disparaît*. »

Il en a ululé comme un loup l'hiver. Des mois durant, il l'a cherchée. Elle ne répondait pas à ses messages, il ne la croisait jamais dans les (très rares) endroits où elle l'avait amené, et où il revenait, traînant son grand corps solitaire et un regard aux aguets, bientôt éteint. Il a développé une théorie. « Où sont-elles allées, dans quelles cavernes diurnes et violentes ? Au pays de leur rêve. Le Lesbianistan. Personne n'y pénètre s'il n'est une femme à femmes. C'est le dernier territoire inexploré de l'humanité. Ton pays à toi, le Gayland, est ouvert et pimpant, clinquant même, si tu permets, un vrai parc d'attractions. Une lesbienne qui part part pour une double profondeur. Deux vagins se succèdent… »

— Ça me paraît un peu con.

C'est la seule fois de ma vie que je lui ai parlé ainsi, et je crois que ma grossièreté n'a passé qu'à la faveur du jeu de mots. Au lieu de me donner un coup de poing ou de me planter là au Nemours, comme je l'ai craint de prime abord, il a levé un œil avec étonnement, penché la tête, et, enfin, éclaté de rire. « Oui, bien sûr, je ne généraliserais pas sur les hétéros si c'était une femme hétérosexuelle qui m'avait quitté. » Le malheur l'avait rendu méchant. Voilà pourquoi je suis contre le malheur. Tout le monde devrait être heureux, pour ma tranquillité. Enfin ! Je l'avais tout à moi. Et c'est là qu'il est parti.

un couple avait disparu

Les sexualités sont mystérieuses les unes pour les autres, mais enfin, il ne faut pas en faire un drame. Le mot « mystérieux » y contribue. Tout de suite ça sous-entend du compliqué, de l'obscur, du douteux, et bientôt du péché. Xabi aime citer une phrase de Virginia Woolf appelant à ne pas « appeler la chose d'un nom plus important qu'elle ne le mérite ». Sa réaction n'avait été qu'une éruption de rage.

(Lorsqu'il fait des citations d'écrivains, Delouvrier et des confrères obscurs de l'Université lui reprochent « le mélange des genres ». Cela veut dire qu'ils trouvent choquant que l'on invite, dans des matières sérieuses, des jean-foutre pas même diplômés. C'est une expression rudimentaire de la jalousie. À un de nos premiers Nemours, je m'en suis indigné plus que Xabi, avec le zèle de l'ami nouveau. Peut-être est-ce pour renouveler la fraîcheur de ses troupes qu'il en change ?)

Je n'ai haï Lucie que quand elle est devenue furieusement amoureuse de lui. Cela s'est produit peu avant leur rupture. Pendant plusieurs semaines, ils ont disparu de toute vie sociale. (Comme les lesbiennes à qui il reprocherait peu après de faire la même chose. Cher Xabi ! La logique n'est pas la première de ses qualités.) Je séchais comme un piment à la terrasse du Nemours. Il est parti. Et puis un jour, ils se sont remêlés à la vie. J'arrivais par la colonnade de la Comédie-Française, où les médaillons des dramaturges de profil semblent copier les uns sur les autres, l'œil tordu sur la copie d'à côté. La place a discrètement surgi à mes yeux, comme toujours. Voilà longtemps que j'avais cessé de me demander : « Sera-t-il là ? » Il y était. Xabi ! IL EST REVENU.

les choses que l'on ne devrait pas voir

Dîner d'après vernissage quand il y a eu succès. Restaurant bondé, bruit de couverts et de conversations, des rires, et nous une table de 15 ou 18, je n'ai pas compté. Je n'ai pas réussi à m'asseoir près de Xabi. Les courtisans ont l'art de chasser les amis. Ils faisaient ruche autour de lui, et plus encore autour de la triomphatrice dans son jean blasphématoire, se gardant de commenter la photo de la main, rieurs, à l'aise, *là*. Peux-tu me passer le vin, ah ah ah que tu es méchante Lucie, redonnez-nous la même s'il vous plaît, Xabi où vas-tu chercher tout ça. Les phrases qu'on dit aux écrivains. Où vas-tu chercher tout ça. Chez l'épicier du coin, peut-être ? Non mademoiselle, moi j'ai pris des ravioles de tête de veau, c'était gentil de la part de Pinault de passer, ah ah ah décidément Lucie tu as la dent dure, tu as entendu sa réponse, « c'est que la bête est coriace », non vraiment c'est la femme la plus spirituelle de Paris, passe-moi la bouteille, s'il te plaît. Après une remarque frappante de Xabi, quelqu'un : « Qui a dit ça ? » Ce barbu à costume à carreaux, pochette à pois et mèche sur l'œil ne pouvait pas concevoir que quelqu'un lui soit, comment dire ? supérieur. Nous en étions au digestif et ça continuait. Enragé, je suis allé pisser.

Il y a des choses que l'on ne devrait pas voir. Il y a des choses vues que l'on ne devrait pas dire. Il y a une chose impossible à être quand on raconte sans mentir la vie de quelqu'un, c'est un gentleman. Et d'abord envers soi-même, si l'on rapporte ce que l'on a vraiment ressenti.

Rectangle de lumière sur le mur du fond. Porte ouverte, donc. C'est la seule. Je m'avance. A-t-elle été laissée ouverte exprès ou est-ce le pas silencieux de mes sneakers qui ne les a pas mises en garde, je ne le saurai jamais. La présentatrice du journal télévisé assise sur les toilettes m'a regardé droit dans les yeux. La tête rousse de Lucie à genoux était plongée entre ses cuisses. J'ai souri de bonheur.

jalousie, nom commun

Nous prononçons rarement le nom qui nous caractérise, a écrit Xabi. C'est parce qu'il nous caractérise. Nous sommes vexés d'être simplifiés. Et nous avons raison. Puisque nous sommes ceci *et* cela. Le mot caractéristique n'est vrai qu'un moment. La jalousie, chez moi, envers les courtisans, envers Lucie, envers l'ami vénézuélien, a été circonstancielle. Et de la nommer lui donne plus d'importance qu'elle n'en a eu. Ce qui m'irrite n'est pas ma peau. Et voici que je me trouve dans une contradiction essentielle envers le plus grand ami de ma vie, envers tout ce qu'il m'a appris et que j'ai admis, que dis-je ? que j'ai aspiré de tout mon être en ouvrant grand mes fenêtres à ce soleil, cet air frais, ces merveilles de lumière, les lignes de Xabi. Elles ont fait pousser à toute vitesse les herbes et les fleurs et les arbres de mon moi, que je ne savais même pas s'y trouver, et, me faisant du bien, m'ont réconcilié avec moi-même et donc avec le monde. Malgré Xabi, je ne crois pas qu'il faille toujours nommer. Les noms peuvent être plus imprécis qu'on ne le pense, à cause de cette simplification quelquefois abusive. De plus, certaines choses gagnent à rester imprécises. Surtout quand elles penchent vers le mesquin, le médiocre, le mauvais. Si on les nomme, alors qu'elles végétaient dans cet état indécis, on les force presque à se réaliser, et on va dans le sens du pire. Si je dis « jalousie » à propos d'un moment qui n'est certes pas glorieux, mais qui n'est précisément qu'un moment, une bouffée, je le fige dans cette caractéristique, faisant de moi « un jaloux », comme Genet qui après une rapine s'est vu désigner « le voleur ». Le mot nous enferme dans un défaut plus violent que l'acte quand cet acte n'a été qu'une velléité, une intention, un désir. Les choses innommées s'évaporent. Ce qui tend à me faire rejoindre Xabi : taisons ce qui ne fait que pencher vers le mal, pour lui donner une possibilité de disparaître ; nommons ce qui penche vers le bien, pour lui donner une possibilité d'apparaître ; et, somme toute, Xabi avait en grande partie raison, nommons ce qui se trouve déjà dans le mal, pour le désigner comme ce qu'il est. Y a-t-il un autre défaut de moi auquel je serais aveugle, et qui tordrait sans que je le sache mon portrait de Xabi ?

les sacs

Xabi s'est trompé de sujet de livre comme George W. Bush de guerre. Ah, si les Américains étaient allés en Iran ! Son régime théocratique pourrit le monde depuis 1979. Trente ans après, un candidat opposé au président sortant, paysan abruti et pantin des mollahs qui dirigent le pays, perd contre lui dès le premier tour de l'élection. Le scrutin a été si truqué que des centaines de milliers d'Iraniens manifestent. Il ne l'était donc pas assez. Les tyrans efficaces savent que la brutalité ne doit pas avoir de nuance. Pour empêcher toute révolte, l'assommer de désespoir avant même qu'elle ne puisse naître ; avec des élections à 99 %, jamais de contestation. Les journaux occidentaux ont publié la plus belle photo de l'année : des Iraniennes se précipitant au secours d'un manifestant matraqué par des miliciens des bassidji. Il y en a cinq, courant, en pantalon sous le tchador, l'une sac en l'air, l'autre brandissant un magazine. Cette manifestation d'indignation spontanée et sans moyens était enthousiasmante.

futur destin du cabot

Le livre de Xabi aurait eu une autre photo pour couverture. Si j'avais le sens du commerce, j'en fabriquerais des T-shirts. Ils feraient le tour du monde et ma fortune. Hélas, comme lui, je suis imprévoyant, et je mourrai seul et miséreux. Il est grand, je suis grand, il est incapable d'avoir une relation stable, je suis incapable d'avoir une relation stable, il aime les fleurs coupées, j'aime les fleurs coupées, il est désordonné pour tout ce qui n'est pas les activités de son cerveau, je suis désordonné pour tout ce qui n'est pas les activités de mon moindre cerveau, il est discret, je suis discret, il aime le sexe, j'aime le sexe ; quant à la différence d'objet, elle ne nous rendait pas concurrents en voyage. Xabi Puig, *Des tyrans* :

Ah, cette main. Rouge de sang, rouge de colère, rouge d'enthousiasme, rouge de la honte du clergé qui étouffe le pays depuis un tiers de siècle. Cet opposant battu par les miliciens s'est essuyé d'une paume où le sang séchant prend une teinte de mur de Rome, la Ville éternelle des coups d'État, et, se protégeant, ou peut-être s'essuyant le nez du dos de la main, il montre au monde la preuve de la dictature. La jeunesse moqueuse aurait porté mon T-shirt et lu le chef-d'œuvre de Xabi. Il est vrai qu'elle est devenue plus institutionnelle que la plus prudente vieillesse, la jeunesse, depuis qu'on l'a envoyée en masse dans les écoles de commerce. Très morale. Toute morale est un compte d'exploitation. Débit, crédit. Bien, mal. Et voilà comment des idéalistes deviennent les serviteurs enjoués de la Gestion. Le jour où ce régime sera tombé, la photo de la Main rouge cessera d'être une photo de combat et sera remplacée par celle des quatre Iraniennes. Elles auront montré, après tant d'autres, que la faiblesse finit toujours par vaincre la force. Et ce jour-là, le prochain salaud du monde deviendra peut-être Chávez. Les fragments de Xabi que je publierai paraîtront prémonitoires, même s'ils ne sont pas de lui à proprement parler.

trois citations

Lors de son dernier coup de téléphone à son père, il lui a dit avoir envoyé par la poste, précaution contre l'espionnage si facile de l'Internet, un dossier qui, a-t-il ajouté, contiendrait le premier chapitre de son livre. J'ai trouvé ça bien dramatique. Et quand j'ai lu, bien surprenant. La chemise contenait en tout et pour tout une feuille portant, de sa petite écriture, trois citations.

> Car je retrace les actions d'un homme qui aurait mérité, non pas qu'on lise sa biographie dans le cercle des gens bien élevés, mais d'être, sous les yeux de la foule, dans un immense amphithéâtre, déchiré par des singes ou des renards.
>
> Lucien (120-v.180),
> *Alexandre ou le Faux Prophète*

Toute grande cause commence comme un mouvement, se transforme en business et dégénère en racket.

Eric Hoffer (1902-1983)

Au nom du ciel, Tryphon, calme-toi !...

Le capitaine Haddock dans *Objectif lune* (1953)

Capote.

style 1970 d'un écrivain 2010

Enfin, moins belle que son nom. Comme il l'a assez dit, nous avons l'idée préconçue que certains mots sont beaux par essence. Généralement, on ne le pense pas pour leur forme et leur sonorité, alors que, en bonne esthétique, cela devrait être l'unique critère. Je peux me tromper, mais il me semble que le sens esthétique n'est pas le plus répandu du monde. C'est selon leur sens moral ou leur charroi émotionnel qu'on les juge, les mots. Tout le monde trouvera beau le mot « amour » parce qu'on a éprouvé la chose, tout le monde trouvera laid le mot « haine », etc. C'est pourtant son *h* aspiré (qu'on oublie d'aspirer, mais chacun a plus ou moins conscience que cette lettre est là, ne serait-ce que parce qu'on dit « la haine » et non « l'haine »), est ce qui relève un phonème à la forme d'autre part si banale, d'une simple syllabe, comme le vent fait danser un drap qui sèche dans un pré, et lui donne sa singularité. Échappent au raisonnement moral les noms propres, à l'exception de ceux qui sont marqués par la chose appelée Histoire, comme Sabra, Chatila, Hiroshima ou Versailles. Et on aime le mot Caracas pour sa sonorité. Elle semble joueuse. Pour une oreille étrangère au Venezuela, du moins. L'inouï est toujours plus charmant que le commun. À Caracas, peu s'émerveillent. Les étrangers pensent plus facilement aux sons seuls, et paraissent de meilleurs philosophes de la forme, meilleurs esthètes, autrement dit, mais c'est pour leur associer d'une manière inepte des sons apparentés. « Caracas, maracas. » Un instrument de musique légère. Un bruit de galets qui roulent conclu par un sifflement, comme une vaguelette. On en déduit que Caracas est cool. Cela ne vaut d'ailleurs que pour ceux qui parlent l'espagnol d'Espagne ; au Venezuela, on ne prononce pas le *s* final. Cette langue à guillotine dit : « Caraca. » Je m'étais mis dans la tête une cité charmante, chantante, dansante. Tant mieux si elle ne l'était pas.

N'était-il pas beau, ce début à la Xabi ? Tiens, je vais continuer.

Et dans cette ville qui avait donc l'air d'un film de 1970, et se trouvait dans un état de 1970, je prenais des autobus de nuit dont les arrêts étaient vivement illuminés pour repousser le crime, qui n'aime que le noir. Caracas reste une ville où l'on se fait enlever pour un rien. Un rien, vraiment. 100 dollars. Des Français confiants, des Allemands distraits, des Italiens arrogants entrent dans un taxi, et ce taxi n'est pas un taxi. La semaine de mon dernier séjour, un Australien qui se débattait a été tué d'une balle de pistolet. Ce n'est pourtant pas un pays où « on n'a rien à perdre » selon l'idée habituelle du « rien à perdre » : pas de misère à proprement parler, pas plus de camés qu'ailleurs, même si 70 % de la cocaïne destinée à l'Europe transite par le Venezuela ; c'est juste comme ça. Le régime de virilité dégénérée où les Vénézuéliens vivent n'a pas plus amené l'ordre qu'il n'a chassé la corruption. C'est la plus grande escroquerie des dictatures. Elles promettent l'ordre, on les croit, que croire d'autre de leur part ? et on n'obtient même pas ça. Comment des systèmes fondés sur la peur voudraient-ils la combattre ? On allait d'un endroit à l'autre en ne sortant pas du bus ou du taxi affrété entre les deux. A… avait eu un frère assassiné à la sortie d'une boîte quelques mois auparavant. B… venait d'être racketté par la police (on ouvre le coffre de sa voiture ; une capote anglaise ; « Tiens, qu'est-ce que c'est ? » ; rien d'illégal, mais, pour avoir la paix, 20 bolivars ; « Tu as été timoré », lui ai-je dit. « Tu n'es pas timoré quand un flic a tous les pouvoirs »). C…, un Italien qui travaillait dans les pétroles, avait été arrêté par la milice en sortant d'un bar (on lui a fait signe de glisser l'argent dans son passeport). Le Venezuela est un pays où on ne peut rencontrer personne qui n'ait été racketté, menacé ou n'ait connu un meurtre touchant sa famille ou des amis. 48 assassinats pour 100 000 habitants. Deux fois plus que dans la Colombie voisine qui n'est pourtant pas la Suisse, six fois plus que la moyenne mondiale, quatre fois plus qu'avant Chávez. S'il tient une chose, c'est l'armée et la police ; l'assassinat laissé libre est bien une méthode de gouvernement. En même temps, il organise un harcèlement par une politisation permanente qui est une forme de chantage ; menaces de guerre à l'extérieur, réforme perpétuelle à l'intérieur. Ainsi, la première chose que semble devoir apporter un État, la tranquillité aux citoyens, en ce qu'il absorbe la violence dans des institutions destinées à la neutraliser, Armée, Justice, Éducation, il la retourne contre eux.

Pas mal. Assez dans son style viril et fouetteur ; manque une touche d'ironie. Du reste, qu'un ironiste aille au pays de la Brute… Pas bon, pas bon.

Oui, très 70, Caracas. Ça n'est pas La Havane, dont le rose éraillé, les Cadillac 1960 plus longues que des pontons et les balcons de fer forgé gonflés comme des jupes font supporter la tyrannie. Quelle malchance a eue l'URSS de manquer de soleil, et quelle maladresse de n'avoir pas su peindre ses murs en couleurs ! On dit ça. Le soleil engendre le mépris de la souffrance. Le totalitarisme est assimilé au froid à cause de Staline et de Hitler, et, en tant qu'Occidentaux rêvant de vacances, on se dit que ça n'est « pas si pire », Caracas. Xabi, à un de nos premiers Nemours, comme je l'assommais avec Kapuściński (je n'avais pas encore deviné qu'il n'est pas très avisé de clamer son admiration pour un écrivain vivant à un autre) : « Le shah d'Iran a passé pour convenable parce qu'il était blanc. Or, il était aussi ridicule que Bokassa. Mais voilà, pas noir. Et, de plus, pourvu d'une belle femme. Les relations publiques des tyrans s'améliorent grâce à leurs épouses. Si Chávez en avait une ravissante, il serait estimé. Bachar el-Assad, invité à Paris le 14 juillet 2008, s'est refait une réputation à cause de la beauté de sa femme, qui a frappé tout le monde. Oh qu'elle est jolie, et délicate, et anglaise, et ci, et ça, et il en paraissait un peu moins salaud. On ne se demandait pas si elle-même n'était pas une effroyable salope d'avoir pris un tel homme pour mari. » La première image qu'on voit à l'aéroport de Caracas est un grand portrait de Chávez : « Venezuela se liberà y se liberà para siempre ! – Hugo Chávez Frias. » Venezuela est écrit en couleurs, « Ven » jaune, « ezu » bleu, « ela » rouge. C'est rimbaldien, c'est gai, c'est dictatorial. L'URSS s'est trop rêvée tank. Caracas a bien tenté des tours de béton, épaisses, lourdes, écrasantes comme des bottes, mais ça n'a pas duré. Dans le quartier des Bellas Artes, un projet d'urbanisation a été abandonné en cours de construction, laissant deux hautes tours rondes et une assez belle barre. Les ruines de 1970 ont une majesté brutale. Et déplaisante, déplaisante ! Souvenons-nous de l'Assyrie et de ses restes colossaux dans les musées. Caracas est bâtie dans une vallée parallèle à la mer dont une chaîne de collines la sépare, tandis que du côté du continent une seconde chaîne s'élève : pour arriver de l'aéroport, il faut contourner les montagnes, d'où une heure et demie de voiture pour cinq kilomètres à vol d'oiseau. Cela oriente Caracas vers la terre et l'offre aux vents. Ils la rafraîchissent, la dépolluent. Et cette orientation la laisse comme sans lien avec la mer ni avec le reste du pays. Caracas est seule au monde. Elle en est ravie, étant la capitale, et laisse Maracaibo à ses persiflages de jalouse. Une autoroute la traverse. C'est une plaie de macadam parcourue de voitures ; je n'en connais d'autre exemple au monde que Glasgow, grâce à un maire travailliste-industrialiste de la deuxième moitié du XXe siècle, et Los Angeles, mais Los Angeles est autre chose, une agglomération de quartiers que leurs autoroutes permettent de fuir plutôt que de relier, au fond, plutôt qu'une ville, Los Angeles, c'est la lune. Caracas est toute en longueur, orientée est-ouest, ce qui donne une sensation d'horizontalité très différente d'une ville verticale comme New York. C'est sans doute à cause des cartes de géographie qu'on assimile le Nord-Sud au vertical. On croit que la représentation n'est qu'une représentation. Elle contamine le réel. Les faits sont modifiés par les images. Chávez le sait bien, qui les manipule. Pour gagner des élections en émouvant l'Ignorance tout en paralysant la petite bourgeoisie qui n'ose pas s'opposer aux idoles des barrios, il a fait exhumer les restes de Bolívar en grande pompe télévisuelle, assortissant la scène de tweets exaltés sur son téléphone portable. « Debout, Simon ! » « Bolívar est vivant ! » Le motif officiel était de prouver que Bolívar a été empoisonné par une conspiration secrète liant le président Lincoln et le roi d'Espagne, épouvantails classiques, et ça servait aussi un peu à calomnier l'opposition. « Dessinons des moustaches aux images » (Xabi). Je me demande de qui il peut se moquer, dans son cachot, sa cave, sa tombe peut-être.

On allait dans une boîte curieusement située (ou pas) dans le quartier des affaires, jaillissement archi-moderne à la Dubaï, verre noir et tours-obus, de ce style simplet des gens de pouvoir. La boîte ? Une boîte. Pour une fois le mot désignait la chose. Petite, rectangulaire, basse de plafond. Sur un côté, le bar, en face, une piste de danse surélevée. Les garçons s'y asseyaient en buvant de la bière à la bouteille, habillés comme vous et moi, enfin, comme moi. Les jeunes gays de Caracas n'ont aucune manière de s'habiller ou de se tenir qui les distingue des autres – et cela sans qu'ils se camouflent. Dans certains endroits, nous sommes devenus normaux.

Capote. Oui, sans doute Xabi a-t-il échoué à écrire son dernier livre, et sans doute ne trouvera-t-on rien de plus dans son tiroir que dans celui de l'écrivain américain. Trois citations, la dernière phrase qu'il aura écrite étant, par une ironie pathétique, une phrase du capitaine Haddock. Tout ça parce qu'il a tenté un chef-d'œuvre qui n'était pas son genre. À la façon de Capote. Qui aurait pensé que l'auteur de la fantaisie mondaine *Petit déjeuner chez Tiffany* publierait *De sang-froid* ? Le plus stupéfiant est d'ailleurs moins qu'il ait écrit le livre que fait l'enquête, passant des semaines dans la sinistre ville du Kansas où avait été commis le crime, lui qu'on pensait devoir suffoquer sorti des salons de New York. Zaza Napoli s'était transformée en Clint Eastwood. Et qu'importe s'il n'a pas écrit son autre chef-d'œuvre ! Il y a eu celui-là. Mais voilà, quand un écrivain a donné un chef-d'œuvre, on lui en réclame sans cesse un autre. C'est sa faute, aussi. On ne demande jamais rien aux médiocres. Et Xabi, poursuivi par le succès critique d'*Aposiopèse*, qui lui est arrivé si jeune et aurait pu le laisser terrorisé, hébété, fainéant, a, avec courage, entrepris un nouveau chef-d'œuvre à chaque fois (sauf *Cadres* peut-être, mais qui sait ? je dois me laisser impressionner par la forme originale des autres, alors que la réussite suprême se dissimulerait dans la simplicité de celui-ci), en en réalisant au moins un, *Épitaphe de tout le monde*. Que serait devenu ce livre vénézuélien dont il était sûr qu'il renouvellerait le genre des écrivains 1970 allant en Chine, au Vietnam, à Cuba et favorables aux tyrans, pour des raisons pas nécessairement basses d'ailleurs, livre qui aurait été la première description du populisme en train de submerger le XXIe siècle comme l'Océan ? Ce « pas son genre », il s'y intéresse depuis longtemps. Quelle autre raison, au fond, que sa participation à l'émission de télévision avec le petit dieu glauque et les « chroniqueurs » destructeurs, toute cette haine de l'esprit, morose ou ricanante, qui veut tout abaisser ?

Très 70, Xabi. Ce qui le fera peut-être gagner. N'est-ce pas lui qui a dit que ce qui finit souvent par l'emporter, c'est une forte personnalité jointe à un talent si démodé qu'il fait paraître l'auteur nouveau ? Encore aurait-il fallu qu'il l'écrive, son livre, au lieu de m'en laisser faire une misérable parodie.

ce que l'avion change à ma façon de voir

Dans le *Herald Tribune* que ma voisine ensommeillée a laissé glisser par terre, Chávez fait à la tribune son sourire de masque en bois. Un mot du titre dépasse : « Speech ». Il a dû être long, le speech. Les discoureurs pensent rarement qu'ils peuvent être brefs. Ce cabot doit croire qu'il aime les gens. Il n'aime que son narcissisme. Ayant attiré sur lui les regards du monde entier, il cache son pays, dont il donne une idée aussi fausse que le petit garçon criard de sa sœur. Les populistes ne ressemblent pas aux peuples, car ce ne sont pas les peuples qui créent les populistes, mais les ploucs ; les ploucs milliardaires. Fortune faite, ils s'achètent une chaîne de télévision et créent leur créature de Frankenstein qui les vengera des snobs les ayant trouvés parvenus.

C'est bizarre, à la fin, cette obsession de ma voisine. C'est parce qu'elle est ma voisine. On supporte mal que son voisin soit différent de soi. Mon voisin, c'est moi, sinon c'est un autre, et l'autre est louche ! J'en ai pourtant vu, des musulmanes, et de tout à fait humaines, dans mon quartier de Belleville, avec deux bras, deux jambes et deux mains pour caresser les joues de leurs gamins s'ils sourient et une bouche pour parler cette langue si amusante qui mêle l'arabe et le français, Ât'l' hosni ǹdzalif fermé la boutique m'sterhâl' kav'ch sécurité sociale ! L'avion nous force à être proche de l'autre, et on préfère souvent être proche de loin. L'altruisme, je suis pour, mais si l'autre sent mauvais ? Ma voisine. Le steward. Les passagers des rangées lointaines que j'observe en feignant de me détendre le dos. Leurs têtes ont l'air de sortir des fauteuils, comme dans un film de science-fiction. Le très vieux vieillard au teint de beurre et avec l'air de dégoût indigné que donne l'arrivée prochaine au point d'atterrissage de nos vies. La vieille femme liftée à mèches blondes qui fait se dire : « On achève bien les cheveux. » Le quinquagénaire aux yeux glacés dont un acteur jouant les durs envierait la large mâchoire. L'Espagnole, non, Italienne, ou Argentine peut-être, aux vêtements archichics, cardigan gris, jupe chamois, talons plats, qui donne envie qu'elle soit notre mère. L'homme jeune ayant sur sa longue tête de cheval des lunettes à branches à damiers. La jeune Italienne à la poitrine bondissante qui, quoique belle, ne se sent pas obligée de se faire dédaigneuse. Et l'autre jeune fille, aux gros sourcils non épilés, toujours vierge, qui éclate hystériquement de rire au dessin animé qu'elle regarde. L'adolescent que sa timidité rend hautain et qui se sait haï parce qu'il est beau, j'espère qu'il ne tentera pas de détruire ce fardeau en détruisant son visage. Des distractions ? Il n'y a pas de distractions, il n'y a que des distraits. Xabi, je ne pense qu'à toi.

ruse

Je m'étais fait envoyer au Venezuela par mon journal parce que j'avais eu un amour de là-bas. Quand on va dans un pays étranger qu'on ne connaissait pas et qu'on a eu un amour de ce pays-là, il arrive qu'on trouve cet amour moins ravissant. Les traits charmants de son visage que l'on croyait uniques, on se rend compte qu'ils sont partagés par des milliers d'autres, et on a soudain eu quelqu'un de moins exceptionnel. De plus, comme des traits si charmants sont partagés par tout un peuple, on trouve ce peuple agréable, et, comme avec des traits charmants cet amour était, de plus, plein de tact, on l'aime rétrospectivement davantage. Voilà comment se crée notre intérêt pour les choses.

Je haïssais Chávez pour avoir rendu malheureux cet ami et sa famille. Ils vivaient dans un quartier de Caracas où on ne sortait pas de chez soi après cinq heures de l'après-midi, où on n'utilisait de téléphone portable que rayé et scotché, où on était dénoncé au parti par de plus malheureux que soi ; on continue à y voter Chávez. Xabi me dirait, des mois plus tard, juste avant que l'ami vénézuélien n'arrive au restaurant : « Quand on connaît des gens d'un pays qui souffrent de son régime politique, on devient moins indulgent. » Et moi, avec mauvaise foi, je détestai cet ami vénézuélien avant même qu'il ne se montre. Parmi toutes les choses qu'il a dites contre Chávez, certaines sont fausses. Très peu. Le plus faux, c'est le ton. Véhément. Faisant douter de ses propos. J'ai dit à Xabi : « Il exagère » en sachant qu'il n'exagérait pas.

Une des impostures de Chávez consiste à faire croire qu'il est de gauche. En 2006, il a fait rectifier le drapeau du pays, faisant courir le cheval blanc non plus de gauche à droite, mais de droite à gauche. Or, son régime n'est ni à droite, ni à gauche. C'est d'ailleurs à quoi on reconnaît les dictatures. Elles veulent être partout. On ne pourrait pas dire si Hu Jintao ou Mugabe sont de droite ou de gauche. Ils viennent de la gauche, ils font de la droite, mais aussi de la gauche, ou ce qu'ils font passer pour de la gauche ou de la droite. Est-elle de gauche, la religiosité de Chávez, qui parle complaisamment de sa foi en Dieu ? Plusieurs syndicalistes de gauche ont été assassinés au Venezuela sous sa présidence, il n'a jamais activé la justice pour qu'on trouve les coupables.

Il n'y a pas de moment où l'on puisse qualifier un changement de régime comme on passerait une frontière. La dictature ne se met pas à clignoter. Elle était déjà là. Et c'est rétrospectivement qu'on se demande : « Comment est-ce arrivé ? » Le moment, il faut décider de le voir. Et c'est alors qu'on doit lui donner le nom infamant. Les dictateurs s'entendent à brouiller la qualification, mais c'est simple, la dictature. Elle arrive dès que l'exécutif commence à asservir les autres pouvoirs, législatif et judiciaire, *même si c'est légalement.*

Chávez perd les élections locales et régionales. Pour la propagande extérieure, il dit : j'ai perdu et je le regrette, mais je respecte la démocratie, et voyez, le nouveau maire de Caracas est en place quoique d'opposition. Et en même temps il institue une autorité administrative nouvelle au-dessus de la municipalité de Caracas, privant celle-ci de ses plus importants pouvoirs. Le suffrage universel n'est qu'une des conditions de la démocratie ; Chávez a aboli la séparation des pouvoirs entre l'exécutif et le législatif, le parlement lui étant entièrement soumis, et entre l'exécutif et le judiciaire, mutant, révoquant ou emprisonnant tous les juges qui lui déplaisent. En plus des députés qui votent comme il veut et lui tendent leur collier et leur laisse en prenant des « lois habilitantes » qui lui permettent de gouverner par décret, il a sa brave petite justice qui aboie quand et condamne comme il l'ordonne. Souvent, la ruse est épaisse. Cela lui est bien égal. Elle n'est pas destinée aux gens fins, ils sont trop rares. Les naïfs, les incultes, les admirateurs de la force, etc., etc., croient. Aucun démenti ne pourra les convaincre.

Il y a toujours des autoritaristes pour expliquer que, dans l'Antiquité, la dictature était prévue par la loi, comme si ça l'excusait. Et comme si elle y était bien vue. L'historien de l'Antiquité m'a raconté que l'ancêtre des intellectuels occidentaux, Platon, avait en partie ruiné sa réputation en allant donner des conseils aux deux tyrans de Syracuse. Il est vrai que ses voyages ont été ornés de mensonges par ses ennemis afin de le discréditer et que Platon a risqué sa vie en conseillant à Denys le Jeune d'abandonner la tyrannie, comme Xabi a espéré le faire avec Chávez. Mais Platon, ses amis ont réussi à organiser sa fuite.

Les dictatures imposent le silence à l'intérieur et font du bruit à l'extérieur. Il y a encore du bruit à l'intérieur du Venezuela. Pour combien de temps ? La semaine où Xabi est arrivé, quelques centaines de personnes manifestaient contre la loi sur l'Éducation que Chávez voulait promulguer et qui accentuerait le contrôle de l'État, « una educación libertadora », comme il dit dans son langage très sommairement mensonger. Chávez, c'est simple, il proclame le contraire de ce qui est. Ça n'a pas si mal réussi aux Soviétiques. « Chávez escucha y basta ! » protestaient les manifestants. Il a promulgué sa loi le premier jour des vacances, par commodité politique, par cynisme. Cet homme d'ordre est un homme de désordre. Comme tous les dictateurs, il crée de l'anarchie.

nom de peur : clown

Chávez amuse, c'est souvent comme ça qu'on réussit en tyrannie. Cette façon de faire rigoler le populo écœure les technocrates étrangers. Ils croient ne pas avoir la vulgarité de ces pitres. Ils en ont une ailleurs. Dans la rationalité. Le costume gris. La tristesse. C'est leur gloriole. Ils n'imposent pas moins leur (sinistre) goût, et leur dissimulation est destinée à esquiver toute responsabilité éventuelle. Xabi l'a bien dit, ce ne sont pas les noms qui ont du pouvoir, mais les hommes qui ont de la paresse.

On dit « clown », et tout le monde sourit. Ça rappelle l'enfance. Qu'est-ce qu'ils ont tous, avec l'enfance ? Ils l'ont tous eue heureuse, pour aimer s'en souvenir ? Et tous les clowns sont-ils aimables ? Pour moi, ils m'angoissent. Je vois ces figures peintes, et ce que leur maquillage me dit, c'est : « Tu es forcé de rire. » Comme je n'aime pas qu'on me force, pendant que les autres rient, des choses sinistres m'obscurcissent le cœur.

Noms à vendre, « Clown ».

Ahmadinejad fait une provocation antisémite au sommet de Durban 2 sur le racisme. Comme les ambassadeurs européens quittent la salle, il reste, hilare, à la tribune. Silencieusement hilare, les lèvres ouvertes en rectangle sur des dents de cheval : le mal se réjouissant. Cette hilarité muette est fréquente chez les dictateurs. On n'y pense sans doute pas à cause de leur monstre en chef Hitler, qui ne riait jamais et a ainsi porté un grand tort à l'étude scientifique de l'espèce. Avant d'avoir été des tyrans, ces gens-là ont été des clowns, tous. Les raisonnables haussaient les épaules. « Hitler ? Un clown. » Et puis les clowns sont élus, et ils tirent. Le public voit les salauds, ajoute Xabi ; ce qu'il ne voit pas, c'est la saloperie cachée par la sympathie.

« Sympathie », en grec ancien, voulait dire « participation à la souffrance des autres » ; nouvelle démonstration que les mots peuvent désigner le contraire de la chose. Ou alors tout dépend de la façon dont on prend le mot « participation ». Les tyrans participent effectivement à la souffrance des autres, en les emprisonnant sans procès, en les faisant battre par leurs milices, torturer, tuer. Hélas, les gens veulent être abusés. Ils croient qu'ils aboliront le mal parce qu'ils l'ignorent, accordant toute leur foi aux idées

> scolaires et consolantes. Ils nient ce qu'ils savent. L'expérience n'existe pas.
>
> *Épitaphe de tout le monde*

Étonnez-vous qu'il ait perdu des lecteurs, avec ces observations déplaisantes. Dans le même livre, ils n'ont pas voulu voir ceci, pourtant bien beau :

> Un des mouvements de fond du mensonge humain consiste à se rendre *le passé* supportable. Le passé ! Ce passé qu'on a vécu ! Que les gens de notre sang ont fait ! On ne veut pas croire qu'il ait été aussi pénible, et parfois aussi ignoble que le présent. Le bon côté du communisme est qu'il donnait de l'espoir dans le futur. On pouvait aller vers des choses meilleures. Mais précisément c'était de l'espoir, cette infection. Le communisme était un chantage à l'avenir pour excuser la brutalité présente. C'est le communisme pratique qui a dégoûté l'humanité de l'avenir et pour longtemps. Dans tout ça, on ne s'occupe jamais du présent. Ce pauvre présent, qui est nous.

Chávez aura au moins rappelé une chose, c'est qu'être sympathique ne prouve rien d'autre que ceci : on est sympathique. On peut être un salaud *et* sympathique. Un tyran sympa, c'est comme un dealer avec un T-shirt rigolo. Calme-toi, Tryphon, et admire les bolivars que tu as sortis de ton portefeuille.

les jolis bolivars

Il y a un taux de change officiel du bolivar contre le dollar, mais tout le monde change au noir, à un taux quatre fois plus avantageux. Le gouvernement laisse faire. À l'aéroport de Caracas, tout étranger qui arrive est abordé par des dizaines de changeurs qui, certains marmonnant, la plupart ouvertement, lui proposent des bolivars. Jusqu'à des agents de la douane. Des policiers. Des militaires. On sait qu'on est entré dans un pays moyennement sûr quand les représentants de la loi ne font même pas semblant de la respecter. Et voilà l'inquiétant avec l'enlèvement de Xabi. La demande d'argent n'a été qu'un leurre, selon moi. Qu'on prétende toujours être « à la recherche de l'écrivain français » veut dire qu'un flic, un milicien, un zélé a voulu l'intimider et est allé trop loin. On cherche à nous endormir en disant que c'est un enlèvement crapuleux. Un envoyé de la famille (moi) va être reçu, les officiels montreront leur « bonne foi », des mois vont passer, nous ne pourrons pas organiser de campagne nationale, *puisque ce sont des voyous qui l'ont enlevé*, et que *la police fournit toute son aide*. Si nous insistons, surgira un rapport prouvant que Xabi a consommé de la drogue et été enlevé par un dealer impayé. La calomnie est prête.

nous arrive-t-il ce qui nous ressemble ?

Xabi : « Il nous arrive ce que nous sommes. » Comme je donnais pataudement un exemple à son appui, il a pris un bon regard et : « Ça ! » Ah, ses « ça ! ». Ils me manquent. Je les imiterai. Un mot, c'est souvent le souvenir d'un mort que nous tentons de faire revivre. « Ça ! », dirai-je ; et un instant, par ma voix, Xabi sera de nouveau vivant.

La fatalité… Je pourrais mentionner Oscar Wilde parlant de nos têtes dans les étoiles et de nos pieds dans la boue puis condamné aux travaux forcés, Pier Paolo Pasolini dont la dernière interview avait pour titre : « Nous sommes tous en danger » et qui a été assassiné quelques heures plus tard, je pourrais… Ce serait une idée calviniste et complaisante. L'idée délicieusement douloureuse qu'il existe une fatalité. La maison Destin, la maison Destin. Nous voulons croire que notre vie est prévue dans un projet supérieur, et, si possible, pour l'élégance du falbala, dramatique. Comme s'il était impossible qu'il y ait une fatalité du bonheur.

« Il n'y a de fatalité de rien, nous courons vers ce que nous sommes » (Xabi-Nemours). Précisément, rien dans son pas de danse ne le menait vers un drame gluant.

Le steward trébuche sur un magazine en papier glacé. Le geste le plus caractéristique de Xabi, il serait même la meilleure critique littéraire de son œuvre, c'est sa manie de ne pas marcher sur les trottoirs. Telle, sa façon d'écrire. À côté. Ça a fini par être central. Telle, sa toquade Chávez, aussi.

Enfin tout de même, si je pense au sens d'aposiopèse… Il l'évoque dans son livre… Lequel, assez lourdement et assez finement, mais qui a décidé que la lourdeur était nécessairement mauvaise ?, s'achève sur une phrase inachevée (« L'amour est   »). « Aposiopèse », a-t-il précisé, vient d'un mot grec qui signifie « silence brusque » et désigne la figure de style consistant à suspendre une phrase en laissant au lecteur le soin de la compléter. Une rupture du discours. Ça me rappelle le chapitre sur le verbe mourir dans le même *Aposiopèse*. Il y analyse l'expression « mourir à quelque chose » en français classique, comme « mourir à Dieu », renoncer à tout en faveur de Dieu (« eh ! vous pensez, du français classique »), puis l'expression de couture « en mourant », qui veut dire faire une couture en la réduisant progressivement. Enfin : « Nos vies, nos vies. Nos vies dont on dirait que nous les voulons à tout prix malheureuses. Je chasserai le malheur. » Ces considérations sur la mort se trouvaient dans son premier livre.

Questions ignobles :

A-t-il organisé son enlèvement pour de la publicité ?

Par un esprit de jalousie, aimerais-je le trouver mort ?

entourés du bruit blanc
de la machine en vol

Beaucoup de choses dans les avions sont scandaleuses sans qu'elles fassent scandale. La place entre les sièges dans la classe Éco. L'absence de prise électrique pour les ordinateurs. La nourriture et les boissons infectes. L'humiliation qu'est devenu l'embarquement, grâce à nos amis les islamistes (pauvre voisine dont je n'avais pas observé le visage, elle ronflote, le cou en arrière prêt à l'égorgement, cauchemardant d'avoir pour porte-parole internationaux des fanatiques pareils !). On enlève ses chaussures, sa ceinture et son portefeuille comme un condamné arrivant à la prison. C'est ce que cherchent les islamistes, bien sûr, à nous humilier, bien plus qu'à nous tuer, afin de provoquer une révolte contre nos gouvernements. Nous ne nous révoltons même pas contre eux ! Comme ils doivent nous mépriser. Quel plaisir cela nous apporte. Nous subissons avec calme, en attendant leur disparition. Le mal ne gagne jamais. Le monde serait mort. Chávez, tu perdras.

Xabi : « “Islamistes”, allons. Il n’y a pas de guerres de religion, il n’y a que des guerres de pouvoir où les violents se cachent derrière les religions. Et d’ailleurs il n’y a pas *des* guerres, il y a *une* guerre. La même depuis le début de l’humanité, qui cherche à la détruire en se déplaçant comme un furet à travers le globe et le temps. Je devrais dire : par laquelle la minime partie de Mal de l’humanité cherche à détruire l’ensemble. Le furet enragé arrache un mollet ici, un œil là, espérant emporter tout le corps. Il y a ou il y a eu une guerre de l’Irak contre l’Iran, de la Chine contre le Tibet, de la Côte d’Ivoire contre la Côte d’Ivoire, mais ces déchaînements tuent plus que des Ivoiriens, des Tibétains, des Iraniens : ils tuent l’homme en tant que tel. »

Sur mon écran, où j’ai tapé sur la touche « informations de vol » pour anesthésier mes peurs avec la carte où un petit avion schématisé hoquette sur des pointillés en direction de Caracas, avec mention de la distance parcourue, de la distance à parcourir, du temps de vol restant, de l’heure à destination, enfin ce poème rudimentaire que je remplis de mon rêve à l’arrivée (triste rêve), on m’a d’abord forcé à regarder une publicité pour une banque, niaise et vantant une carte de crédit de luxe, comme si tout le monde était riche et que tous les riches fussent des cons. En embarquant, j’ai pu constater que la publicité est apparue dans les passerelles d'avion. Il y en aura bientôt dans les cimetières. Aux portails. Dans les allées. Sur les tombes. Clignotantes. Guillerettes. « ASSURANCES-VIE LA JOIE. » « ADOPTEZ UN ANIMAL ORPHELIN. » « GRAT'MARBRE, UN TOMBEAU POUR L'ÉTERNITÉ. » Que dis-je ? Il y en aura pendant les enterrements. Au moment de l'aspersion, les enfants de chœur distribueront des bulletins d'abonnement aux télévisions religieuses du câble, du cercueil surgiront des hologrammes de squelettes dansant au son de « O When the Saints (go marchin' in), marchons vers le Seigneur avec la maison Borniol ! » Pour ce que j'ai entendu de cette publicité, du reste, entourés que nous sommes du bruit blanc de la machine en vol. Le bruit blanc (une des nombreuses choses que Xabi m'a apprises) est celui qui comporte toutes les fréquences sonores, l'équivalent du marron pour les couleurs. Quand j'étais enfant, un article de la loi vestimentaire était qu'il ne fallait en aucun cas porter du marron avec du bleu. Les conventions sont aussi absurdes que la tyrannie. *Sont* une tyrannie. Un jour, un distrait a mis du bleu avec du marron, on s'est rendu compte que ça allait bien, et aujourd'hui tout le monde en met. On appelle cela un révolutionnaire. Les seules révolutions qui n'amènent pas une réaction. Qui ne soient pas une réaction. Il existe d'autres aberrations aujourd'hui, mais nous ne les voyons pas, *parce qu'elles sont aberrantes*. Rien n'est plus naturel que l'aberrant. C'est sa force. La liberté paraît étrange. C'est sa faiblesse. Qui est le fou en politique ? C'est le raisonnable qui crie : « Ceci est stupide. » Et alors… comment disait Gandhi ? « D'abord ils t'ignorent, puis ils rient de toi, puis ils te combattent, puis tu gagnes. »

Bruit froissé d'un vêtement. On aurait dit un envol de pigeons. Ce n'était que ma musulmane qui, chose inouïe, se lève. J'ai dû m'assoupir.

subtil, insaisissable

Quand on parcourt le Venezuela, où la consommation se porte bien, on se rend compte que la propagande se porte encore mieux. Il s'y trouve plus de publicité pour Chávez que pour Chivas. Un slogan passait sans arrêt à la radio la dernière fois que j'y suis allé, en reportage dans l'île de Margarita, État de Sucre, à l'est de Caracas : « Con Chávez, Sucre ! Para ofrecer el máximo de felicidad al pueblo ! » Et partout, peints sur les murs blancs des villages et des fermes : « PATRIOTICA », « REVOLUCIÓN », « SOCIALISMO ». L'assommoir par les mots. De vieux mots, de vieux mots. En vocabulaire comme en mobilier, les peuples sont séduits par l'ancien. Ces mots-là donnent à la misère l'impression qu'elle est supérieure à tout. Parenté du communisme et des religions. Ces idéologies rusées s'engraissent en exploitant cette duperie. « Les misérables ont l'orgueil de leur misère, à moi la datcha gratos ! » se dit le grand mufti. Et il va pontifier à la télévision. Ces gens-là souffrent de la maladie éternelle qui empêche le repos du monde depuis toujours, la célébrité. Elle se perpétue grâce aux naïfs de bibliothèque qui portent le nom d'historiens. Éblouis par ces tapageurs, ils en parlent avec la plus grande considération, et c'est ainsi que des capricieux incompétents peuvent continuer à devenir célèbres au moyen de la tyrannie, de la conquête, de la destruction et de l'emmerdement des autres. « La montaña », me dit le chauffeur du taxi ; et c'était une colline. Le sens des mots me paraît relatif, non seulement aux choses, mais au degré d'isolement de celui qui les prononce. Cet habitant de Margarita, si je lui avais montré les Alpes, aurait sans doute inventé un mot pour qualifier cette cent fois montaña. Je me fais ces réflexions sur les sujets favoris de Xabi a posteriori. Sur le moment, je remarquai simplement un veau au milieu de la route. Tiens ? me dis-je, Bourbier est là. Je ne crois pas avoir, plus tard, pensé à faire part à Xabi de cette rosserie envers un de ses ennemis. Une amitié, c'est aussi les regrets de ce qu'on n'a pas dit.

Ma voisine ronfle doucement. Le sommeil, cette noyade. Elle est douce. Quelle noyade ne l'est pas ? Après le moment de panique, on cède, voluptueusement, comme à un vampire une fois qu'il nous a mordu et qu'on a décidé que résister serait moins bon que mourir, avec le vague espoir que, cédant, nous ressentirons une extase juste avant le néant. Et voilà. On s'endort dans l'espoir d'une extase.

Xabi aimait bien citer des Grecs anciens, je me demande si ce n'est pas à cause de leur imagination de la violence, si je me rappelle bien ce Nemours où, ivre (il buvait décidément de plus en plus), il m'a dit du ton sarcastique qui était chez lui la marque de la blessure sentimentale la plus vive, comme on disait dans les tapisseries du genre *Princesse de Clèves* qu'on nous faisait lire au lycée : « L'euphorie, c'est le danger. Ce mot grec. Les Grecs, à partir du langage desquels nous avons, à la Renaissance, nommé les maladies, savaient très bien sentir les moments de civilisation au bord de la folie. Les satyres, les Pans que tout homme à cravate peut devenir en un instant. Le moment où il bascule dans le crime, devient Ajax, Richard III ou Chávez. » Sortant d'une nuit d'amour vaseuse, j'ai décidé que j'étais las de sa rengaine et j'ai un peu bâillé. Est-ce moi qu'il a fui ? Serais-je vaniteux ? Ah, je ne comprends rien.

Xabi vaincu, Chávez vainqueur

Quelqu'un meurt. Nous le pleurons. Le pauvre ! Xabi a haussé les épaules après avoir entendu le fumeur de cigare serré comme une paupiette dans une redingote à col de velours grenat expliquer que « le pauvre » est une expression impropre. « Et pourquoi n'associerait-on pas la pauvreté et le malheur ? lui a-t-il répondu. La pauvreté est un état heureux, peut-être ?... Le malheur nous enrichit ?... Dirait-on : "Je suis riche en malheur", à moins d'être sans cœur ou une princesse de Racine ? Monsieur, votre cigare et votre sottise m'incommodent. » Et l'importun qui s'était penché de la table voisine du Nemours a repris sa place avec un soufflement d'indignation qui a fait de ses joues l'écho de son foulard de soie bouffant. Ah, il y a des souvenirs charmants, avec Xabi. Nous pleurons les morts avec ingénuité. La vie de qui que ce soit a-t-elle été si heureuse qu'on doive regretter qu'il la quitte ? Xabi a eu des succès, on les lui a fait payer. Après l'émission de télévision ratée, je lui ai dit : « Il faut être méchant envers les gens. » Phrase déplorable ? Moins que ceux qui nous forcent à la dire. Ou bien on se défend par des bombardements préventifs, ou bien il ne nous restera qu'à déplorer l'obscurité où nous nous sommes laissé enfermer. Comme il contestait mon pessimisme, j'ai dit, en regardant en l'air : « Ça me rappelle la phrase de quelqu'un : "L'homme est bon. Il oublie le mal qu'il a fait." » Il a souri. Le fumeur de cigare nous jetait des regards obséquieux – c'est pour cela que j'ai toujours détesté les chiens. Il a été question d'un acteur de théâtre odieux qui avait présenté ses Mémoires à la télévision. Je ne me souvenais plus du titre. Xabi : « Ce n'est pas *Le Soulier de Satan* ? » Ah oui, des souvenirs charmants. Quand quelqu'un meurt, c'est sur nous que nous pleurons.

quatrième photo

Sur mon téléphone je regarde une photo de lui. Mon fond d'écran.

Ayant loué une voiture pour me montrer les villas de Palladio en Vénétie, il conduit en polo. Je me tourne vers lui. Son coude est appuyé sur la portière dont la vitre est baissée. Le soleil y dépose un triangle de lumière pénétrant jusqu'à la saignée du bras. Il sourit.

Une photo est un poignard.

vêtements

Au restaurant, avec l'ami vénézuélien, il portait un T-shirt vert bronze au col évasé qui tombait en plis obliques, un cardigan noir d'un tissu inconnu de moi mais si soyeux que je l'aurais épousé, un jean de créateur et des rangers en nubuck. Coquet. Je me le suis dit à cause de la clientèle du restaurant. La marge fait mieux voir le centre. C'étaient des bobos à petit chapeau en arrière, mal rasés, l'air sympa et ne l'étant pas. Ce soir-là, lui aussi avait l'air d'un artiste alors qu'il n'en était pas un. Comme c'est la seule fois que je l'ai vu habillé ainsi, je pense qu'il l'avait fait pour eux.

Sortant d'une émission de télévision, ce grand mince est arrivé au Nemours dans un costume bleu marine cintré, chemise blanche, sans cravate. Tout était dans les accessoires, ou plutôt l'accessoire, son vieux porte-clefs en cuir vert tout cabossé.

À Venise, un petit chat nous a coupé la route au croisement de deux canaux. Pas un délicieux chaton doux comme un flocon de mimosa, non, non, un tout petit chat maigre, boiteux et preste qui a hissé un œil comme une très vieille dame, l'air pas même surpris. Xabi l'a soulevé jusqu'à son visage, gravement, puis l'a reposé par terre. Sans s'ébrouer ni faire le moindre mouvement qui aurait attesté de notre présence, le chat a repris son chemin. « Symbole de l'humanité en marche. Comme lui, elle nous oubliera très vite », a dit Xabi en rabaissant le polo sur son pantalon de toile.

Les vêtements des employés des compagnies aériennes sont faits pour les asexuer. Par les démons de la libido, je comprends ! Si, alors que nous sommes tout le temps assis, ne nous passaient devant les yeux que pubis bombés ou fesses rebondies, nous n'en pourrions plus de haleter.

retouches à la pensée se perfectionnant

« Un nom, c'est une définition, et une définition, ça diminue. Ça prive. Ça dessèche. Ça exclut l'avenir. Ça rassure, aussi. Dans les définitions, il y a une sorte de panique : les gens qui définissent ont peur. Moi, je ne crains pas le vague. Je crois que le vague permet à de grandes nouveautés d'arriver », dit-il dans *Tous les mots sont comme décembre*, son deuxième livre (le premier que j'ai lu de lui, de retour à Paris, un rectangle de ciel dans le vasistas de mon appartement me faisant croire que je possédais un tableau de Tiepolo). Il l'a contredit, ainsi que j'ai dû le signaler, dans *Noms à vendre* (« Nommer, c'est chasser le vague qui assure le pouvoir »). Ceux qui emploient le mot « contradictions », j'ai fini par le comprendre à son contact, croient souvent que la pensée est figée. « Tel est le destin de ceux qui ont des idées d'être jugés par ceux qui n'en ont pas une et leur font des reproches », écrit-il dans son dernier livre, cette *Épitaphe* sans lecteurs, ah, un dernier livre qui s'intitule *Épitaphe*, la postérité sera trop contente de se trouver fine dans le miroir de cette coïncidence. Il ajoute : « Les mots, c'est pour la communication. Il y manque la communion. Outils mal conçus ne servant qu'à transmettre des opinions communes et des ententes sournoises, ils ont marché dans la banalité et la transportent. Les mots sont les semelles merdeuses de l'humanité. C'est sous les mots, malgré les mots, *sans les mots* qu'on doit lire les livres. Les miens n'ont pas réussi à laisser passer l'esprit. » Le jeune écrivain qu'il admirait a écrit dans son insolente critique : « Puig se défend d'aimer les mots. Mais si, il les aime, puisqu'il les bouscule. Quand on ne s'intéresse pas aux choses, on les laisse végéter dans leur insignifiance. » Oui, sans doute, il y avait dans Xabi le raisonneur un idéaliste qui aurait voulu des choses parfaites. Je suis maintenant sûr qu'il s'est précipité dans un traquenard pour disparaître.

la légende en marche

Par ironie, je me traitais de disciple. Pourquoi de l'ironie ? Je n'ai que de la fierté à éprouver d'avoir été l'ami de cet homme, même s'il m'a abandonné comme tous ses amis avant moi. Après tout, je l'ai eu pendant quatre ans. Et personne ne sait que notre amitié s'était interrompue. Je pourrais… J'entends déjà le raclement des chenilles du char d'assaut nommé Lucie. Elle jouera la Veuve, la Gardienne, la Prêtresse. On l'entendra clamer, à l'entrée de ce temple où elle n'a pénétré que trois ans, un de moins que moi : « Il me demandait mon avis sur tout ce qu'il écrivait, d'artiste à artiste. » Xabi n'a jamais montré une ligne de manuscrit à personne. Contre les mensonges et toute l'organisation de la légende, laquelle, j'ai fini par le comprendre, se fait moins en faveur du défunt que des survivants qui la colportent, je serai le Disciple. Je contesterai les menteurs et je perpétuerai son débusquement des mots. Elle pourrait s'appeler *Les Noms*, ma biographie impossible. Dommage qu'il ait refusé une tombe. On y aurait gravé : « IL

A TENTÉ DE LIBÉRER L'HOMME DU POUVOIR ABUSIF QU'IL CONCÉDAIT AUX MOTS. » La mort du grand homme est celle de l'humour, en effet. Il a répondu en riant à une journaliste qui lui demandait ce que pourrait être son épitaphe : « "Toujours frais" ? »

les enterrements, les amis

En bas, dans l'Océan plat, il y a une île. Le soleil y étale son miel gluant sur la mélancolie des hommes. Xabi a souvent écrit sur les plages :

> Une île est une île est une île. C'est d'ailleurs très bien comme ça. On est sûr qu'il existe dans le monde l'état : îles. État délicieux ! Je parle des petites îles à plages chaudes. Une plage, et je suis heureux.
>
> *Aposiopèse*

Son dernier voyage a été pour cette île de Margarita où je me trouvais juste avant de faire sa connaissance à Venise. Là, il s'est rendu à Punta Arena, beau nom. Un nom pour mentir, encore. C'est une réserve avec des papillons vert citron qui volent par saccades, des serpents qui glissent comme des cravates et une grande plage sale où s'échouent de petits poissons morts.

> La postérité, c'est l'oubli du mépris que nous avions de nous-mêmes. Nous avions fini par juger que le présent ne vaut pas le passé. Sauf que le passé n'a jamais existé. Il n'y a qu'un présent éternel appelé la vie, la vie méprisable et, par moments, adorable. Heureusement, il n'y a pas que les hommes. Il y a aussi les plages.
>
> *Théories de théories*

Sa passion allait bien au-delà du goût du bronzage ou de la baignade. Une plage, pour Xabi, c'était l'idéal sur la terre. Le sable, bande de jaune. La mer, bande de bleu. Entre les deux, la bande frémissante où l'on passe de l'autre côté du miroir, du solide au liquide, et qui semble nous rendre nous-mêmes liquides. L'humain se trouvant sur la bande de sable marche ; il passe la ligne de partage entre terre et mer ; le voici nageur. Il est entré dans un monde différent et devient différent.

> Un humain dans la mer rudimentaire, ça a tout de suite l'air d'une mythologie. Il la hache de ses mouvements de crawl, la découpe de ses mouvements de brasse, mais ne la change pas. Elle se reconstitue aussitôt après son passage. Nous n'avons fait que brouiller la Force.

Il m'a inculqué cette idée que la mer est une barbarie. Une barbarie silencieuse et lente. Son silence n'est qu'intérieur. Au-dehors, sa rage se manifeste par un grand bruit. Elle se bat elle-même de grandes vagues, perpétuelles tentatives de verticalité qui échouent. Aux bords elle se calme, et c'est un souffle, un bruit blanc, là encore. « Il souffle à nos pieds le chant de la douceur. Enfin, le bruit blanc est aussi celui des aspirateurs. La technique est toujours là pour refroidir le lyrisme » (*Organon*). L'immensité devient susurrante pour charmer l'espèce humaine, et de son souffle hypocrite nous appelle.

> La mer, c'est la mort. Elle nous veut. Elle est informe comme la mort. La mort en nous prenant nous rend informes.

Il y a aussi, dans le testament dont M. Puig m'a confié une photocopie et que j'ai relu tant de fois depuis le décollage afin de me préparer, par le phénomène anesthésiant de la répétition, à la disparition de mon ami à l'arrivée, où, dans peu de temps désormais, un officiel m'accueillera qui tentera de prendre la mine grave et n'aura que l'air obtus, dans ce testament trouvé parmi un fatras de papiers il y a aussi :

> Je voudrais une scène comique à mon enterrement. Ce sont celles dont on se souvient le mieux. À celui du producteur de Hollywood David O. Selznick, Katharine Hepburn lit le « Si » de Rudyard Kipling. Juste avant le dernier vers elle s'arrête, se tourne vers la tombe, et, mélodramatique : « Tu seras un homme, mon fils ! » Pour qu'il y ait comique, il faut du solennel, et je n'ai

aucun ami solennel, grâce aux dieux, ou plutôt grâce à moi. On n'a pour amis que des gens qui nous ressemblent. C'est pour cela qu'il faut en changer régulièrement. On deviendrait trop égocentrique. Aucun de mes amis n'assistera à mon enterrement, car aucun ne m'aura pardonné de l'avoir abandonné, ne sachant pas que c'était *son* meilleur moment. Ou plutôt le nôtre. J'ai toujours abandonné mes amis après un moment délicieux, sachant qu'il ne pourrait jamais se reproduire. Et eux, confondant le participe présent « aimant » avec le nom commun « aimant », voudraient qu'on reste collé jusqu'à la mort.

« Mesdames et messieurs, nous allons commencer notre descente vers Caracas… » Je finis par le connaître par cœur, ce testament.

funérailles sur une plage

Sur une plage du Venezuela, à sept heures du soir, mon cadavre sera allongé sur un lit à colonnes où flotteront des voiles de lin blanc. On diffusera des cha-cha-cha, des chœurs de Haydn, le *4'33* de John Cage, chaque partie étant annoncée par un vendeur d'huîtres tapant sur son seau en plastique. Seront lus, en langue originale et par intervalles, la lettre d'amour n° 4 d'Aristénète, la rime 278 et dernière de Gaspara Stampa, quelques vers sarcastiques et blessés de John Berryman, n'importe quoi de Stendhal, s'il n'y a pas trop de vent on projettera sur un des voiles le passage du *Satyricon* de Fellini où un patricien romain s'ouvre les veines dans sa villa bientôt envahie par les Wisigoths, puis on diffusera, amplifiée, d'un son imparfait, l'interview où Françoise Sagan, de sa voix hésitante, dit : « Ça me dégoûte, l'idée que je vais mourir, l'idée que les gens que j'aime vont mourir un jour. Je trouve ça infect, sincèrement je ne trouve pas ça bien… » Sur la rive auront été disposées de petites tables rondes de café parisien, irrégulièrement et loin du lit funéraire. Les invités,

> vêtus de couleurs claires, seront servis de vins fins et de plats légers. Le soleil couché, tout le monde partira, laissant le corps seul. Alors seulement apparaîtront les employés des pompes funèbres, dont les hanches grasses soulèveront le veston noir lustré. Ils enrouleront la dépouille dans un des voiles qui, empesé de galets, servira de linceul. Se tordant les chevilles, ils le poseront sur une barque de pêcheur, rameront vingt minutes et jetteront tout ça à l'eau. C'est vraiment à ce moment-là qu'on pourra dire, comme Nathaniel Hawthorne dans *The American Notebooks* : « *Then quietly comes Death* », alors tranquillement arrive la mort. Rien ne signalera où est l'endroit.

Ainsi sera fait. Nous aurons beaucoup de chagrin, il nous manquera, cela passera avec le temps. Le temps console. C'est ce qu'on peut lui reprocher, aussi.

atterrir

Autorisé pisser business complet de là première sourire désolé à l'hôtesse ouf ; revenons à notre place en essayant de ne pas jalouser l'espace entre les fauteuils, les larges accoudoirs et les inclinaisons à 170°. Tiens, un long index effilé sur un écran de téléphone. J'aurais pu me douter que ma belle iPhoneuse serait en première. De toute la cabine, cette femme à qui la technique la plus moderne confère des gestes de Japonaise classique est la seule qui semble être restée assise depuis le départ. Ses jambes sont serrées, elle porte des escarpins à talons hauts ; les cheveux retenus en arrière par un passe révèlent un front semblablement soyeux. Elle n'a pas l'air fatiguée, ses vêtements ne sont pas froissés, elle paraît immuable. D'un geste sec et net, cette Parque repousse dans les ténèbres extérieures ce dont elle ne veut plus – ce dont elle semble décider que le monde populiste ne veut plus. Un écrivain, par exemple. Un écrivain, un philologue, un intellectuel, un penseur, un… À notre dernier Nemours, Xabi :

« “Ces gens-là ne servent à rien !” protestent les brutes. *Et c’est vrai.* Nous ne servons à rien. Le problème est que, elles non plus. Personne ne sert à rien. On peut se passer de tout. Redevenir des bêtes. Préserver des inutiles comme nous, c’est préserver des parasites comme eux. Ces gens-là voudraient être comme l’empereur Domitien, s’ils le connaissaient. Comment ?… Il a exilé les philosophes de Rome. Évidemment il ne se doutait pas qu’il serait tellement haï que, à sa mort, le sénat déclarerait la damnation de sa mémoire. Enfin ! ce n’était pas pour ça. » Il a fait tourner son porte-clefs de l’index. « Tu sais, je crois que si on cessait, si peu que ce soit, de faire semblant de penser que les choses de l’esprit ont de l’importance, il faudrait peu de temps pour que les braves gens nous pendent aux lampadaires de la Concorde. Ça ! » Nous sommes restés sans rien dire, puis je l’ai traité de pessimiste. Penses-tu modifier les choses en allant enquêter, au Venezuela dont tout le monde se fout, sur Hugo Chávez ? me suis-je dit en regardant en coin sa cicatrice au menton. Il a commandé un autre verre de champagne. Nous avons regardé les colonnes, la Comédie-Française, la bouche de métro, les arbres, l’entrée de l’hôtel du Louvre, la librairie. Il a dit : « C’est pas mal, Paris. »

Tout vivant est un cercueil. Il transporte avec lui le souvenir des morts qu’il a connus. Ah, cette musique qu’on diffuse dans l’avion avant l'atterrissage a été composée par un Anglais délicieusement prétentieux que Xabi et moi sommes allés voir en concert, douce remémoration. Et aussitôt : ah, cette musique a été composée par un Anglais délicieusement prétentieux que Xabi et moi sommes allés voir en concert, hélas, hélas, il n'est plus parmi nous. À moins que si, que ce ne soit lui qui, à l'arrivée, m'accueille, avec son sourire espiègle ? Je me jetterai dans ses bras en disant : « Tu es en vie ! »

Table

Charles Dantzig
dans Le Livre de Poche

Dictionnaire égoïste de la littérature française n° 31202

De François Villon à Françoise Sagan, le *Dictionnaire égoïste de la littérature française* rassemble des auteurs célèbres et d'autres méconnus, des œuvres lues et d'autres qui pourraient l'être davantage, des personnages de fiction, des notions…

Encyclopédie capricieuse du tout et du rien n° 31881

Un tour du monde et de la vie en huit cents pages de listes. Rangées par thèmes (les lieux, les gens, les corps et le sexe, les arts, les mots, l'histoire…), elles nous permettent de retrouver son érudition, son esprit, et même des confidences… Un livre sans équivalent.

Je m'appelle François n° 31635

Voici le roman d'un imposteur, François Darré, qui fuit sa triste enfance provinciale pour « réussir » à

Paris. Il signe un parcours scintillant et tragique à travers les mirages de l'argent et du spectacle.

Nos vies hâtives n° 15525

En vingt-six histoires, des êtres soumis à la hâte du siècle qui commence se poursuivent, s'effleurent et s'esquivent. Charles Dantzig dessine ces personnages trop fragiles.

Pourquoi lire ? n° 32306

« La lecture n'est pas contre la vie. Elle est la vie [...] Lire ne sert à rien. C'est pour cela que c'est une grande chose. Nous lisons parce que ça ne sert à rien. » C. D.

Un film d'amour n° 30902

Tout le monde parle de Birbillaz, le jeune réalisateur de génie, l'auteur du célèbre *Un film d'amour*, qui, après avoir obtenu le Lion d'argent au festival de Venise, s'est retiré du monde. Quel est son secret ?

Du même auteur :

Romans

JE M'APPELLE FRANÇOIS, Grasset et Le Livre de Poche
UN FILM D'AMOUR, Grasset et Le Livre de Poche
NOS VIES HÂTIVES, Grasset et Le Livre de Poche
CONFITURES DE CRIMES, Les Belles Lettres

Essais

NEW YORK, NOIR, Blaizot
À PROPOS DES CHEFS-D'ŒUVRE, Grasset
POURQUOI LIRE ?, Grasset
ENCYCLOPÉDIE CAPRICIEUSE DU TOUT ET DU RIEN, Grasset et Le Livre de Poche
DICTIONNAIRE ÉGOÏSTE DE LA LITTÉRATURE FRANÇAISE, Grasset et Le Livre de Poche
LA GUERRE DU CLICHÉ, Les Belles Lettres
IL N'Y A PAS D'INDOCHINE, Grasset
REMY DE GOURMONT, CHER VIEUX DAIM !, Grasset

Poèmes

LES NAGEURS, Grasset
LA DIVA AUX LONGS CILS (poèmes 1991-2010), Grasset
BESTIAIRE, Les Belles Lettres
EN SOUVENIR DES LONG-COURRIERS, Les Belles Lettres
À QUOI SERVENT LES AVIONS ?, Les Belles Lettres

CE QUI SE PASSE VRAIMENT DANS LES TOILES DE JOUY, Les Belles Lettres
QUE LE SIÈCLE COMMENCE, Les Belles Lettres
LE CHAUFFEUR EST TOUJOURS SEUL, La Différence

Traductions

Francis Scott Fitzgerald, UN LÉGUME, « Les Cahiers rouges », Grasset
James Joyce, LES CHATS DE COPENHAGUE, Grasset
Oscar Wilde, ARISTOTE À L'HEURE DU THÉ, « Les Cahiers rouges », Grasset et L'IMPORTANCE D'ÊTRE CONSTANT, « Les Cahiers rouges », Grasset

PAPIER À BASE DE
FIBRES CERTIFIÉES

Le Livre de Poche s'engage pour
l'environnement en réduisant
l'empreinte carbone de ses livres.
Celle de cet exemplaire est de :
350 g éq. CO_2
Rendez-vous sur
www.livredepoche-durable.fr

Composition réalisée par PCA

Achevé d'imprimer en août 2013 en France par
CPI BRODARD ET TAUPIN
La Flèche (Sarthe)
N° d'impression : 3001522
Dépôt légal 1re publication : août 2013
LIBRAIRIE GÉNÉRALE FRANÇAISE
31, rue de Fleurus – 75278 Paris Cedex 06